黃金男人

章緣——著

推薦序

浮夢與世網：大城裡的女人們

楊佳嫻

當年以一篇〈更衣室的女人〉（1995）奠定文壇位置，成為台灣女性小說課程的必讀經典，之後章緣從紐約到北京，再遷往上海，生活異動拓寬了題材與視野，也讓她的寫作生涯、發表場域橫跨不同地域。她一貫保持穩健創作步調，持續推出長短篇小說集。我以為觀察章緣的寫作成績，有幾點值得注意。

章緣小說普遍具備顯著的女性意識，近年來還可辨析出幾個題材：舞蹈，同志，上海小區故事，以及上海「新」移民（包括台商及其家庭、各種意義的「海歸派」），它們也時常彼此疊映，連結為上海萬花百態。

再者，台灣作家寫上海故事，在戰後台灣文學史中並不少見，「上海」一直是紙醉金迷東西龍蛇散發時間麝香的符號，白先勇小說出之以悼往，陳定山雜組出之以述奇；但是，章緣與這一脈有所不同，「上海」在她筆下是活生生的當下。甚至，小說裡可以毫無台灣成分，不直接涉及身分與凝視的多層辯證，讀起來並不違和，因為所有發達資本主義都市中都共享類似的美夢與噩夢。

《黃金男人》一書，也可以循著上述兩點來閱讀。

同名小說〈黃金男人〉，以異性三角戀愛衝突作為面具，隱藏當年無能面對、日後卻也來不及面對的男男負氣苦戀。所謂「黃金男人」，中年文青楠子，閱歷與才華積累魅力，那份瀟灑也許和性向有關。在社會壓力與自我折磨之下，楠子始終無法愛其所愛，對女人隔膜，對男人壓抑，不快樂的距離形於外，反被視為永不陷落的輕盈。當年周敏慈被他們拿來銜接社會框架，不知情的女人成了同性戀禁忌下的犧牲品，可是，她也同時變成兩個男人之間的聯繫。本篇寫親密卻自毀自誤的無奈，十分動人，唯結尾時似乎有些按捺不住，人物自我懺悔，難免煽情，以全篇鋪陳來說，他們的後悔與愛，不需要說出來，讀者都能領會。

接下來兩篇小說，聚焦女性的家庭與情欲，章緣拿手好戲。〈最愛胡椒餅〉裡豐肥的妻子，著迷於同樣豐肥的胡椒餅，卻老被嫌棄就是吃得太胖，不好懷孕，才生不出兒子；過量食慾顯然是匱缺婚姻的補償，丈夫和婆婆卻都難以體會她磨損在瑣碎與失望中的心。〈王的女人〉裡，老夫少妻，崇拜與保護的關係，堪稱佳配，然而妻子並非閨閣中的洋娃娃，當她進入更年期，固定到友人介紹的青年中醫那裡看診，這青年的溫存與秀色激起了她朦朧的春情；劇本沒按照老套路走，她可不是沉湎失格戀情、難以自持的富太太，她完全曉得自己有本錢安排情欲的腳本。

〈娃娃屋〉則是一群飄盪者的故事，同一個屋簷下維持著多元成家式的平衡與親愛。親愛之間並非沒有縫隙，當「我」殷切地望著小陸，動機卻是「準備好擁抱她心碎的過去，寄望她可以取代我在底層的位置」，誰都不想當那個境遇最慘、最需要同情的人。小陸說她放水燈老是翻覆，「鬼都不喜歡的小陸」卻在撿到洋娃娃後生出溫暖，她縫製娃娃，把她們「變成那些跟我擦肩而過的人」，也就是說，孤獨的小陸製作了專屬的「人間」。

〈折頸之歌〉寫的還是女人。美霖走到中年，如硬幣磨久了那樣黯淡下去。

已不再多看她一眼的上司趙斌，老蹲廁所的丈夫黃修，曾經友好最終卻還是疏遠的吳雙，占據了美霖的現實與過去，提醒了婚姻之聊賴，和她潛藏未言的感情。「她就是這樣過日子的，把感覺壓下，該幹啥就幹啥」，等到身體折舊，利用機器復健，「好像躺在輸送帶上，一個外銷生產線上被挑出來的次貨，不合格，必須送進機器攪碎」。如果她曾愛過工作夥伴趙斌，生產線就是情感線，可是情感並沒有真正得到舒張，汪美霖發現自己將（已）從生產線上跌落。

〈野百合〉則屬於有點「出格」的小品，像一場即興劇，都市人下鄉，太容易被符合想像的貧窮敘事與風土敘事打動，以為那就是「接地氣」。整篇小說重點不在於怎樣欺騙，而在於受騙後難以平息的羞辱感，好像保有這份憤怒就表示自身清明，不再是刻板觀光凝視的幫兇。

〈像狗那樣忠誠〉這篇，從狗的角度敘述年長男主人回上海追夢，生活中固定兩個女人：樓上鄰居小徐、初戀情人白阿姨。他們止乎禮，卻不是沒有情意。小徐欣羨異國風光，把從美國回來的男人當作望向世界的窗。情緣中斷多年的白阿姨，每次碰面都得盡力修飾才能自信現身，在回憶與當下之間達到平衡；如此用心，目的之一卻是想攫取好處，改善兒子的生活。唯一純情的，或許就是這名「海歸」男人吧？然而，純情需要餘裕，這個男人能在老年時重溫舊夢，正因為他能支配的資源還是比另外兩個女人多些。

全書末篇〈大海擁抱過她〉，背景設置與華人在美國有關。曾在美長期居住的章緣，這本是她前期作品常見故事視域，久違了，頗意外忽然又讀到。退休單身台灣女子明慧，被弟弟哄騙來美國照顧失能的母親，親情綑綁之下，反浮凸出母親偏心帶來的疏離，而原本大費周章規劃的退休旅行，究其本質不過是懼怕寂寞。乾荒尷尬的美國生活裡，明慧從黑暗大海反視內心，抵抗過死亡的誘惑，她能不能真的好好活著？

本書取名雖凸顯「男人」，其實女人才更是章緣小說的軸心。空虛的女人，壓抑的女人，滿溢的女人，老了，壞了，在歲月與城市裡抓住一點什麼，費力地過下去，沒有誰是輕易的。章緣不畫烈女圖，而是長卷一般推開，女人漸次浮現於城市不同方位，男人繞著她們，每個人都像一條移動中的線索，穿梭，停駐，歧路，普通人沒有傳奇，有的只是不甘心，還要繼續網中尋覓，拍出一點浪，渴望洞視迷霧的另一邊。

（本文作者為詩人、散文家，清華大學中文系副教授）

自序

在時間之流裡寫作

年輕時，我們在小說裡預習愛情，中年時，在小說裡印證世情，到了老年，小說還能給我們什麼呢？夏志清先生以研究現代小說聞名，耄耋之年時對我言及不讀小說了，因為小說不能再教給他什麼。於他，世界是幅已然展開的地圖。

如果老了不讀小說，那麼老了寫什麼樣的小說呢？

小說集《黃金男人》，收錄了過去兩年的八篇作品，其中不乏書寫愛情，而這愛情的面貌：進行中的單戀苦澀、回憶時的追悔莫及、再續前緣時的愁怨疑慮，其後都是時間大手的推移。時間是文學永恆的主題，即使是愛，也依附於它，隨著時間不變或變，而展現其堅韌或脆弱。一往而前或閃躲回旋，此情可待成追憶，惘然的感覺全因時間在不斷做工。

古往今來，所有文學都離不開時間，不僅是故事依附時間生長，人物在時間之流裡變化，也因為時間讓人產生最深的喟歎，歎惜生命中美好事物的無法停留。這不是什麼新領悟，人就活在時間裡，但寫作三十年後，卻是在這第十本小說集，我對時間特別有感觸。它一直就在那裡，年過半百的我，此時終於轉頭跟它對視。

重讀這八篇作品，我察覺到一種「一向年光有限身」的焦慮。浮生若夢，為歡幾何？個人的時間有限，而且不斷流逝，在這樣的緊迫中，故事人物開始直面被壓抑深埋的欲望。他們沒有因為年長而世故，如一般人相信的「心死」、「等死」，反之，他們想抓住最後的機會，去彌合欲望和現實的拉扯所產生的斷裂，故事圍繞這領悟而生。

另一個顯現的主題是死亡。過去我的作品裡很少出現死亡，現在它揭去面紗，如影隨身。我自己正在步向衰老，臉部輪廓和言談舉止愈來愈像母親。母親本來就是女兒的參照物，你看著她怎麼梳妝打扮穿高跟鞋，怎麼工作持家和游於藝，然後你看著鏡裡的自己跟記憶裡的她愈來愈靠近，而最後的參照點，便是她的死亡。母親已下車了，我還握著半截車票，終站之前，我該如何又會如何？

時間之流裡有愛，有死亡。頭腦也好，身體也好，努力讓頭身相連吧。他者的眼光或摯愛的死亡，不應阻攔我們向前，想不虛此行就要活得更誠實更勇敢，或像母親彌留時傳達給我的訊息：更自由更無拘。

就這樣，幸運的小說作者鼓起餘勇帶著沉重的肉身飛行，一路記錄旅程的悲欣，那些突來的顛躓或天降的揭示，期待有人心領神會，笑歎我寫出他們可以共情理解的人生。

感謝編發這幾篇作品的編輯老師，從《聯合報副刊》、《自由時報副刊》、美國《世界日報副刊》，到大陸幾家主要的文學期刊，文學輕易跨越了疆界。感謝聯合文學一向的支持。感謝能在時間之流裡創作不輟。謹將此書獻給我心繫之人，感謝他們帶來獨一無二的人生風景。

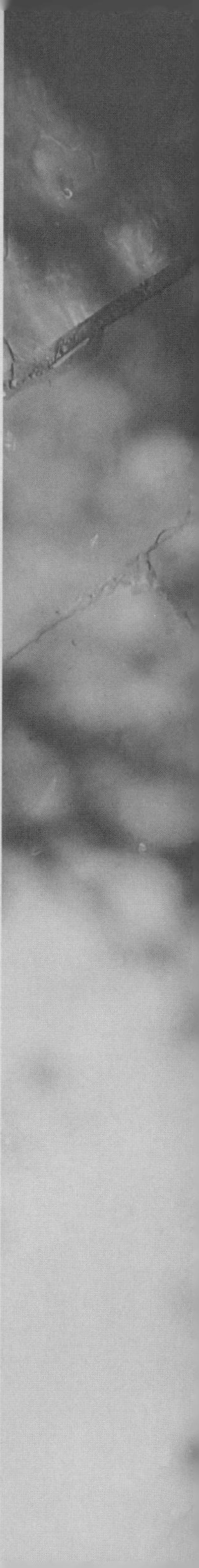

目次

黃金男人／

1 楠子給的第一根菸

你是誰……

他從亂夢裡醒來，一時不知身在何處。幸好身邊有人，那人正緊貼著他，弓著身軀兩手交疊的天真模樣，惹人愛憐。窗簾拉開的一條縫，原為了透進上海夏夜的風，現在那條縫，切開了暗夜的裹屍布，把月光引了進來，讓他可以看到身邊人長密的睫毛，微張的嘴，嘴裡隱隱的白牙，於是身上又湧現被輕輕啃咬的麻癢。

他聞著年輕身體的氣息，感覺上那就是月光的氣息，乾淨純白。孩子畢竟是孩子，激情過後是長而放鬆的睡眠，他閉上眼睛，卻無法再睡著。想到剛才那個夢，醒來時觸手可及，一翻身已經崩落成碎片，邏輯都不對。沒法用語言去捕捉，必須靠感覺。但那是怎麼樣的一種感覺？失落，茫然，還是恐懼？

輾轉接到周敏慈發來的消息，他立刻在VIP國際預訂網上訂了三天後的機票。原想隔天就趕回去，但是手邊的工作得告一段落，幾個重要的會議得參加。

不得不承認年紀是大了，再也不會憑一時的衝動，不計代價去做什麼。年過半百，做什麼事都要考慮胃是不是吃得消，腳傷會不會發作，還有頸椎……最重要的是腦力，這幾年記憶力節節衰退，都懷疑自己是得了老年失智。想當年，他有多麼好的腦子啊，記得讀過的小說、看過的電影，記得老闆同事說過的閒話，一字不差複述給楠子聽，自己的稿子更可以整段整段背出來。現在當然不寫稿了，終日跟數字打交道，說話時還常找不到那個最適當的字眼（對用詞準確性的較真是殘存的文青印記）。就像當年的楠子！在那個雜誌社的文字部，他一直就是楠子的糾錯小兵，替他的文章挑出錯字，提出更貼切的用詞，楠子總是微微一笑，帶點感傷。

現在他懂得了。他的耳聰目明思路敏捷，無異在提醒楠子歲月的無情。可是那時候在他眼裡，四十五歲的楠子正處於男人最成熟有魅力的黃金年代。楠子就是個黃金男人，跟記憶裡的爸爸完全不一樣的男人。

爸爸孑然一身來台，四十才成婚。小時候，爸爸就跟同學的爺爺一樣半頭白髮，在成衣廠裡當機器保修員，回家來洗澡吃飯，換上洗得薄如紙的內衣和大褲衩，拿個「不求人」在背上抓著，一面趕蚊子，一面抱台收音機聽京劇廣播。懂事後，爸爸失業了，在家設賭局抽成，鄰居、朋友和朋友的朋友，不時聚到家裡來，排山倒海嘩嘩的洗牌聲。他在準備高中聯考，晚上躲到朋友家K書。深夜回家，牌局散了，一室菸味，爸爸一邊往垃圾桶裡吐痰，一邊問他要不要吃粑粑？他閃進房裡，妹妹在上鋪已經睡了，媽媽坐在他的下鋪，掀開衣服在身上這裡那裡貼膏藥，看到他也問，要不要吃一點糖油粑粑？不吃不吃，他不耐煩地把書包甩掉。他痛恨有菸味的家。

但是當楠子遞給他人生中的第一根菸時，他沒有拒絕。那是黃盒包裝的長壽，味道辛濃，讓他頭有點暈。楠子的十指修長，指甲修剪整齊，右手寫字，左手兩指夾菸，頭略後仰呼出白煙，優雅到有表演的嫌疑。有時則低著頭，拇指食指和中指捏住，猛力一嘬，那通常是最後一口，通常是心情有點低落，或是作了什麼不想作的決定。他有志於文學，想要像楠子那樣在文壇上揚名立萬，總是暗中觀察偶像的一舉一動，不知何時自己光滑的額頭上才能有幾絲智慧成熟的溝紋，看人時才能目光淡定，不露一絲情緒。他模仿楠子吸菸的模樣，在鏡前擺弄姿態，想要像楠子那樣酷、那樣優雅。後來發現，他的氣質裡少了種淡漠，一種剛中帶柔的飄忽。他太務實了，貧困的童年，生存的不確定性，緊緊扼住他的脖子。

楠子給了他第一根菸，他從此離不開。美國八年萬寶路，到大陸後硬中華；近十年來，出國的人多，不斷有人給他帶洋菸，美國、瑞士、俄羅斯……他隨緣地抽，就像跟所有地方所有人的關係。飯後一根，開會前一根，做愛後一根，高興或鬱悶時，忙碌或無聊時，直到幾年前，因為胃炎和咽喉炎，不得不戒掉。

有那麼一段歲月，每當點燃一根菸，星火一閃，思緒會在一瞬間飄向楠子。但是，他戒菸了，也不願再想起楠子，他已經超過了楠子當時的年齡，也很久沒再寫什麼東西。他不再是那個毛躁衝動、急著要證明自己的男孩，楠子也不是那個黃金男人了。現實裡的楠子，躺在重症病房裡昏迷著，記憶裡的楠子，成了他的小兄弟。一直在家鄉沒有出國歷練的楠子，已遠不如他見多識廣，這種想法令他痛心。

他再翻個身，終於跌進另一場迷夢裡。

一大早的航班，他帶著簡便的隨身行李，站在路口攔車。路上幾乎沒車，異常冷清。一輛白色出租車像轎子般顛顛在他前面停下，司機搖下車窗問他：去哪裡？

浦東機場。

機場？司機頷首。

他上了車，把行李緊緊抱在懷裡，沒來由有點緊張。

車子向前飛奔，兩旁是房舍田野，一派鄉鎮風光。

想哪能走法？

浦東機場怎麼走好？他突然不確定了，照後鏡裡對上司機打量的眼神。

隨你怎麼走吧，我趕時間，浦東機場飛台灣的航班。

那司機嘿嘿地笑。浦東哪有什麼機場，你是去虹橋機場吧？上海就這麼一個機場。

你說什麼？

司機從照後鏡瞥他。台灣人？

他心裡咯噔一聲，不妙！什麼不妙，是司機說沒有浦東機場時的篤定，還是指出他是台灣人時的揶揄語氣……或許他真的是記錯了，沒有浦東機場？

坐好了！

司機換檔，把方向盤往後拉高，車頭抬起，車體開始朝上方升起，搖擺著離開陸地，飛到了半空中。飛的，他打的是飛的？往窗外看，外頭是一團團的烏雲，雲深處出現裂痕，樹杈的閃電顫動如鞭，他有不祥的預感，這飛的飛不到台灣……

他在手機鬧鈴響前五分鐘醒來，輕手輕腳下床，拿起昨晚搭在椅背上的衣服，窸窣穿戴起來。剛才的夢裡，上海只有虹橋那個小機場，就像那年登陸時。當時，許多同鄉聚居在虹橋一帶，因為離機場近，苗頭一不對，立刻就能走。多麼天真的想法，返鄉之路哪是到了機場就能成行……適才的夢境，以秒速向後撤離，留下的是夢裡的感覺：失落，迷惘和恐懼。窗外傳來車聲，那些跟他一樣要趕去某地的人們，已經上路了。

浦東機場，桃園機場。從這個機場進去，那個機場出來，兩個小時後，他已經回到故鄉。就這麼簡單，他卻有整整五年沒有回來。五年之前，他回來處理台灣最後一個至親的喪事。他的叔叔，一個遠房表叔，流亡離散後在台灣重逢，成了爸爸最親的弟弟，一起落腳台灣東北角的基隆。爸爸、媽媽、叔叔和妹妹，這就是他在台灣僅有的親族，他的小宇宙。二十幾年前，當他決定去紐約時，他告訴楠子，在一個沒有埋葬過親人的地方，他感到無根。

現在，爸媽的骨灰寄存在陽明山的靈骨塔，妹妹一家定居在洛杉磯，叔叔的骨灰送回了湖南老家，而他自己說不清將來會在哪裡養老，哪裡入土。海葬吧，讓太平洋幽深冰冷的海水，帶著他的魂魄走吧……

回到故鄉，第一個跳上來的念頭竟然是自己將歸葬何方。他搖搖頭。上了機場大巴往市區去，看著窗外疾馳的車流，寫著繁體字的公路路標。初看簡體字，常感頭重腳輕，缺手斷腳，現在看繁體字卻感濃密複雜，沉甸如厚磚，看了一會兒，便閉上眼睛。一切，都是習慣吧，而他的習慣恰恰最難拿捏。習慣嗎？過去常有人問，在上海，在紐約；現在，習慣嗎？在陌生的故鄉。

他在市區下車，攔了一輛黃色計程車，告訴司機酒店地址，司機熟門熟路往前開去。

「大陸來的？」

「從上海來。」

「上海人？」

「不是。」故鄉人聽不出他是同鄉，他便不想說。

「第一次來台灣？」

「我台灣人。」

司機從照後鏡看他，帶著疑問。

如果他的閩南語說得很溜，一開口也就化解疑問，但是他的外省口音很重，現在更添了陸腔。

台北的馬路窄，行道樹少，沒有能軟化都會冷硬線條的夾道梧桐。牌招非常突出閃亮，在緊密的空間裡，讓人的眼睛很容易就疲憊。或者說，讓一個不常回來的遊子受到視覺上的驚嚇。人們穿著打扮，休閒而隨意，移動的速度比較慢，聲線比較軟。男孩顯得文氣，笑瞇瞇地，沒看到運動型的陽光男兒，又或者他經過的區域不是型男健兒的出入地？他不禁憶起紐約曼哈頓，那裡擁有全世界最多身材健美打扮有型的男人。他注意到女孩講話時，發音的部位偏向喉部，好像是壓著下巴說話，那聲音扁而嗲，如果沙啞，顯得性感，如果尖細，刮人耳膜，但清一色吐字不清糊成一團，他不知道她們在說些什麼，又為什麼大家都笑了。台北人臉上有種輕鬆的表情，隨時都能發笑似的，那是一種「小確幸」嗎？他用一種外來者的眼光打量著，彷彿真是計程車「運將」指認的陸客。

他在上海住了快二十年，日常的滬語脫口而出，上海的角角落落摸得比當地人還要清楚。當地人習慣在熟悉的區域裡活動，而他這種外地人，沒有地域情感，反而四處闖蕩，東看西瞧。說他是上海人也不為過，新上海人，是這麼說的吧。但是，沒有人會把他歸為上海人，在公司單位，在各種酬酢場合，他是台灣來的梁大哥、梁總。如果他想很快拉近距離，他會說出自己的老家湖南，但他不會說家鄉話，進了湘菜館，剁椒魚頭擂鉢茄子，頂多微辣。

他是隻變色龍，遊走於各種不同成色的組織，小心翼翼不掉入任何意識型態的陷阱，談合作不談政治，如果真有人刨根究底問他的身分認同，他從不正面回答。幸好生意人個個「拎得清」，簽合同才是正經事。

他曾專程飛一趟長沙，搭車到岳陽，登上爸爸念念不忘的岳陽樓，默誦從小爛熟於胸的〈岳陽樓記〉。但是當地導遊熱心告訴他，范仲淹沒到過這裡，沒登過岳陽樓，沒有親眼看到筆下傳誦千古的「銜遠山，吞長江，浩浩湯湯，橫無際涯」，當然更不會聽到他和妹妹站在爸爸跟前，嬌聲背著「登斯樓也，則有心曠神怡、寵辱偕忘」……一切，不過是范沖淹看著一幅《洞庭晚秋圖》想像出來的。就像當年，他是這麼背下來的：等四樓矣，則有心曠神怡，蟲子皆忘……他走調的岳陽樓。

認知靠想像。紐約大學的教授說過，從個人到國家，你所理解的真實，不過是想像。你看著鏡中的自己也好，太空人看著地球也好，一旦你把它當作一個客觀的存在去理解，那之間的距離必須靠想像跨越。

離開台灣四分之一世紀，離開的時間等同於在台灣的時間，他對台灣的想像，有了很大的裂縫，那到底是個什麼樣的地方，人們經歷了什麼？什麼跟他有關，什麼又跟他無涉？去了美國後，他轉而關心民主黨和共和黨的同異，到了大陸，他只擔心事業上的發展受政治風向的影響。要不是楠子固執蟄伏在他心房的一角，不肯挪移分毫，他會如海嘯地震後的倖存者，失去個人的歷史，斷絕了跟過去的連結。楠子的存在，在裂縫上搭起一座橋，是他跟台灣的橋，也是他跟過去的橋，但現在……

車子在酒店門口停下。大陸的酒店一般不賣酒，台灣的飯店通常不賣飯，回到台灣，酒店是飯店，師傅是司機，出租車是計程車。他打量附近環境，當時匆忙在網上預訂，看中的就是離地鐵，不，捷運很近。旁邊有不少餐館，還有便利店，他滿意了。

辦理入住時，他掏出的是深藍封面的美國護照。登陸那時，他用這護照簽證置產，開辦各種帳戶，飛世界各地，通行無阻，沒想過去辦個台胞證，況且他的身分證沒換新，護照過期，在台灣已除籍。櫃台小姐很客氣，用不捲舌扁扁嗲嗲的聲音告訴他，如果需要去故宮或淡水，或是台北其他景點（現在歷史博物館的荷花正盛開哦），可以隨時詢問。

他點點頭，心不在焉拿了房卡，搭電梯上樓，刷卡進房，卡往取電口一插，冷氣機唧一聲開始運轉。房間設備老舊，但他不講究這些，只要有電熱水壺、冰箱和保險箱，就可以接受。

一個人時，一切從簡。從台灣無恆產無長物（可以說無歷史嗎？）的小家庭走出來，浸染了美國的樸實作風，他不像上海人那樣好面子，處處「扎台型」「擯派頭」，尤其現在海倫和女兒們都離開了，還有誰能對他指手畫腳？還有誰的意見能左右他過日子？他想起穿汗衫，拘收音機，在背上抓癢的那個男人，他畢竟是他的兒子。

他不是個講究的人。不講究住，原本跟一群海歸朋友住在滬青平公路一帶的別墅，方便孩子就近讀美國學校，離婚時，海倫帶著兩個女兒回美國，他搬到登陸時買的第一套公寓，位於老市區，馬路彎繞梧桐夾道，他常在無事的晚上，獨自在梧桐彎路上散步，算是完全揮別舊生活。不講究吃，從外企、台企到陸企，山珍海味早就生厭，還整出了胃病，現在應酬能推就推。以前還喜歡好菸好酒，現在酒在某些場合才喝，平日只喝陳年普洱暖胃。他喜歡水，之前在三亞置了度假別墅，後來懶得去了，用來招待投緣的「小朋友」。

小朋友。這是在台資企業那幾年叫慣的，用來指稱下屬。這種叫法，有種公事外的親暱，多年以前也曾有人這麼叫他……

他走到窗邊拉開窗簾，這裡應該是飯店的側面，看到的是一片老舊的樓房，一群鴿子從某個人家的陽台上飛起，點點黑影在天空盤旋。一種熟悉的感覺湧起。底下那條小路，通往那邊的樓廈，更遠處是一片綠地……一個小公園吧？在那小公園裡，應該有個鞦韆架，兩座鐵環垂盪的木板鞦韆，兩個大男人，一人一座擠著小鞦韆，是有醉意了，一個拉開嗓子唱著閩南語歌，思慕的人……

我心內思慕的人，你怎樣離開阮的身邊……

他全身起了雞皮疙瘩。

這不會是？

不會吧？

這家飯店叫什麼？他抓起裝房卡的小紙套，上面寫著國聯大飯店。

天啊，是這家飯店！預訂時候心事重重，網上寫的是英文Union，他看到地址竟然什麼都沒想起。他想重重捶自己一拳！都走到家門口的巷子，還沒醒悟過來家就在前方！

誤打誤撞到舊時地，他緊緊扯著窗簾，幾乎要把它扯脫了勾。現在，眼前的街景變樣了，它不再是台北東區任意的一條街，它是那條街，那條下班後，他跟楠子時常漫步走來走去的街。他們從鐵道邊的公司走過來，經過一個大市場，那裡有個花市（楠子是他見過唯一能辨識各種花草的男人），然後拐往這條小路，經過國聯飯店，來到當時就非常熱鬧的忠孝東路四段……他腦裡的地圖一塊塊激活歸位，線路忙碌地閃爍。每次回台北都很匆忙（或是下意識避開？），跟親友團聚，洽辦事務，竟從未再到這個區域來。剛才車子往這裡開時，他的確覺得街景有點熟悉，但又沒有熟悉到可以對號入座。朝向大馬路的這一面，店面變了很多，還有了捷運，朝向小路的這一面也變了，但是一定有什麼是沒變的，所以讓他想起。時空膠囊一打開，他記起附近就有國父紀念館，還有松山菸廠，那個花市還在嗎？他迫不及待要去看看。

先撥通周敏慈的手機。沒人接，轉入語音信箱。他簡短地說：我已經到了，住在國聯飯店，我們怎麼碰面？直接去醫院嗎？

他向來是個上前迎敵的人，決策上明快果斷，制敵機先（會不會是他害怕那種凌遲似的等待，懸而未決的煎熬？）如果沒能一舉成功，他就盡快變換策略、調整訴求，努力地往前不停滾動，不讓這個時代拋下他。

一直到傍晚，周敏慈也沒有回電。莫非，他終究還是被楠子拋下了……

2 暗夜裡兩隻吸血鬼

台北的夏夜黏稠，恤衫很快就貼住後背，混著煙塵和油炸食物的空氣，讓他打了個噴嚏。他還記得，去美國前，他跟楠子最後一次走過忠孝東路，那時候台北的交通混亂，人車爭道，吸到肺裡的空氣熱辣辣地。楠子在一家川菜館為他餞行，四川吳抄手，對的，他還記得點了一道在小火上篤篤煮著的五更腸旺，那是他第一次吃這道菜。楠子說，豬大腸要爛熟入味，清早就得起來燒煮，故名五更。又說，五更腸旺是一道等待的料理，煮著煮不爛的腸子，流著流不完的眼淚，等待故人歸來……楠子怪聲怪氣地說著，他笑笑，揀鍋裡的豬血吃。一整個晚上，他話很少，口卻很渴，或許是菜的味精放多了。

沿著大馬路走了一段，他拐進一條小巷，店招閃閃向他招手：餃子鍋貼、日料生鮮，清粥小菜和滷肉飯，還有義大利麵和西班牙燉飯……來自大陸、日本、台灣本土和歐美的美食，都在爭取著他的注意力。

濃香撲鼻。一家路邊小攤，鍋裡的豬腳皮色赤黑油亮。

「人客，」老闆捕捉到他的眼神，出聲招攬：「好吃的豬腳，補充膠原蛋白哦！」

但是他收回目光。長年胃疾，飲食清淡。

他走進清粥小菜館，要了一碟芹菜干絲，一碟醬菜，一碗白粥，一碗排骨酥湯，從筷筒裡取了一束免洗筷，腦裡想的卻是那異香撲鼻、帶給人幸福能量的豬腳。豬腳是台灣人過生日的主菜，而明天是楠子的生日。

點仔膠，黏到腳，叫阿爸，買豬腳，豬腳圈啊滾爛爛，饞鬼囝仔流嘴涎……

盛夏，楠子帶著他到高雄採訪一名老作家。楠子本名陳梓南，得過幾個文學大獎，文名正盛而行事低調，從不讓人尊稱先生老師，只是直呼筆名。老作家見了楠子十分高興，他們聊文學，他做記錄拍照。工作結束楠子不回台北，反而更往南行到屏東，一下火車就在車站旁的小店坐下，點了當地有名的萬巒豬腳，等待時漫聲吟唱這首童謠，告訴他，這天是他的生日，台灣人過生日要吃豬腳麵線。豬腳膩滑彈牙，吃過了唇齒之間黏意纏綿，兩人抹了嘴，點起菸，滿足地打飽嗝。

這天是楠子的生日，但是楠子說的卻是關於死亡。楠子的家族在南台灣海口有一大片家族墓園，旁邊還有個祖厝。小時候，每逢清明節，爸媽總帶著他們兄弟姊妹四人到海口掃墓。爸媽聊著家族裡老人的後事安排、兩代恩怨、兄弟鬩牆，一面拔清阿公墳頭雜草，用祖厝那裡拿來的竹掃帚把墳前掃淨。媽媽在地上鋪開一塊花布，把白水煮過的五花肉、全雞、水煮蛋、幾條餅乾和一束黃菊一列排好，分給孩子幾炷香，全家恭敬站好。爸爸跟阿公報告家裡一年大事，祈求不良於行的阿嬤身體健康，孩子學業進步，媽媽加一句保佑爸爸賺大錢……在喃喃祝禱中，他舉著的線香如果亂揮亂舞，會被爸爸敲頭的。

把香插在墳前，楠子媽媽和姊妹蹲在一口鐵鍋前燒紙錢，爸爸要他和哥哥在幾個墳前合十拜拜：這個是阿祖，那個是太祖嬤，叔公在那一頭……那些野草蓋過墳頭、無人祭掃的，可能是屬於更遠或更早的祖先，兒孫也作古了。每個墓碑上刻的都是詔安。福建漳州詔安，先祖來的地方。也在掃墓的親友過來招呼，大人們聊了起來，氣氛特別融洽，因為進入家族史的死亡，再也不是分離，而是團結親族的黏膠，在共同的先人面前，他們分享著這分血緣的親密。這時楠子總是找個地方坐下，大口吃著水煮蛋，一吃三四個，噎著打起嗝來。

一大片的墓園，在夕照下發出金光，楠子所有的親人，在地底下團聚。那場景太過超現實，他從沒有經歷過這樣的掃墓儀式。他的小小家族，注定將來無法在地底下團聚，更沒法聲勢浩大齊刷刷刻上湖南岳陽。

回到南部的楠子，感覺很放鬆，那長年籠在眉宇的沉鬱，唇邊神經質的顫動，全都在南台灣熾烈的日頭烘烤下舒緩了。路旁高聳入雲的檳榔樹，闊長如扇的葉子，在暖風中垂拂，他們淌著汗在路上大步走，解開襯衫鈕扣，風吹襟開很有幾分瀟灑。

晚上，他們叫了一打啤酒，在一家簡陋的民居院子裡，拉開來一張塑膠桌子和兩張塑膠椅。南部鄉下晚上的蚊蚋異常凶狠，欺生只進攻他一人，楠子說菸可以驅趕蚊子。菸沒有為他趕走蚊子，但是他們一根接一根，把一包長壽抽完，靈魂隨那吐納騰到半空，南台灣的夜，清亮如鑽的星子在旋轉。楠子從口袋裡掏出一個小紙包，裡面兩個檳榔，綠腹剖開，夾著塗上石灰的荖葉。這個他看過那些建築工人吃過，一邊幹活，一邊朝路邊吐血紅的檳榔汁。小朋友，楠子促狹地叫他，小朋友，湖南人也吃檳榔的，來，開開葷！他們兩個來自台北的文化人，就在這個夜晚一起皺著眉頭嚼起辛辣的檳榔，一嘴的豔紅，咧嘴呵呵獰笑，如兩隻吸血鬼。

空酒瓶哐啷啷滾動，有人在笑，也許是他，也許是楠子，有時聽不到楠子的問話，聽到了也無以作答，猛然又回過神，聽見四下蟲聲唧唧，在夏夜裡奏樂狂歡。夜有如一襲大斗篷，悄悄掩上，把他攬進懷裡，裡頭溫暖潮溼，斗篷裡探出一條巨大的肉舌，狠狠舔了他一下……

隔天，他在民居簡陋的木板床上醒來，汗衫內褲，一身酒臭，腦袋裡像灌了混凝土般沉，另一張床上，楠子和衣而眠，臉埋進枕頭裡，頭髮汗溼成團。時近中午，主人家的雄雞還在那裡不甘寂寞地打鳴，引來家養的黃狗一串狂吠。他走出去到外頭的洗臉槽，草草洗了把臉。毛巾，牙刷，什麼都沒準備。這是個沒準備好的旅行。

回程的車上，楠子都在閉目養神。隔天在辦公室見了面，神情冷峻，彷彿他犯了什麼錯。

楠子的冷臉看了半個月，辦公室招來一個文字編輯，名叫周敏慈，台南人，苗條修長，笑起來彎彎的眼睛，耳朵外招，總是散披著及肩的直髮。他跟楠子都怕熱，辦公室的冷氣開得很強，這個新人就恆常披著一件開襟毛線衫，楠子說有點像老電影裡的美女，只是那毛線衫下應該是顯山露水的旗袍。周是府城閨秀，話不多，一字一句說得溫婉，喜也不大笑，怒也不嗔目，時常帶了切好的水果，泡好的檸檬水、枸杞茶來給他們，勸他們少抽菸少熬夜，楠子說更像老電影裡的賢妻良母了。

他沒看過什麼老電影，當時台灣的新電影正流行，像他這種文青，看的都是楊德昌。楠子問怎麼不看侯孝賢。於是約上周敏慈，三個人一起去看《戀戀風塵》，之後對女方的情變一陣熱烈討論。等到金馬獎外片展來了，三人拿了片單研究，《處女之泉》、《四百擊》、《單車失竊記》，勾勾選選，派他去排隊買票。到了有電影可看的那天，他會像有約會般感到興奮，雖然約會的就是同一個辦公室裡的人。楠子常要開會，他跟周先簡單吃個麵包充饑，一起去西門町。他那時剛買了摩托車，戴個安全帽像太空人，風馳電掣於台北市街，自覺威風凜凜，周坐在身後，拘謹地抓著後頭的鐵把。他想著，還沒載過楠子呢。有時開場了，楠子才進來，他們總是把中間的位置留給他。楠子堅持請看電影，看完電影就近在西門町吃消夜，這個就是他出錢。三個人吃著鵝肉米粉或甜不辣，你一言我一語談著電影。吃完了，楠子在路邊招計程車，絕塵而去，他送周一程，送到她家巷口，揮手再見。

楠子不在時，他跟周之間無太多話可說，如果周不在辦公室，他跟楠子也只是埋頭工作，但只要三個人一湊齊，精神就來了，鬥嘴皮開玩笑，不是楠子跟周聯盟，就是他跟周結黨，他跟楠子卻從未聯手。

有一次，民國老電影展，幾個女明星李麗華、胡蝶和尤敏，都是久聞大名的美人。楠子說尤敏最美，又說周敏慈的氣質就像尤敏，剛好名字裡也有個敏字。大家都看出來，楠子對周特別和顏悅色。

周的行情看漲，他的地位卻不如前了，下班後各走各的，上班時公事公辦，交出一篇得意的稿子，也得不到誇獎。有一回，周請病假，辦公室裡安靜得可怕。楠子丟了根菸給他，他們關了門一口氣抽了兩根，突然感覺到一種解放的自由，久違的自由，當時雜誌社裡已經禁菸了。

楠子狀似不經意起了話頭，但他知道那絕對是蓄謀已久：「周敏慈不錯啊。」

「是啊，像尤敏。」他呼出一口長菸。

「你怎麼不追呢？」

「我追？」

「是啊，她會是個好太太。相夫教子，宜室宜家。」

他琢磨著，不太確定。

周的感冒轉成肺炎，兩個星期後白著臉進辦公室，等著她的是桌上一捧美麗的百合花。她驚喜的眼光在他和楠子身上轉來轉去，卻不敢問花是誰送的。

3 美髮院裡的小公園

走出小店，他拐回大路，想去看看那個小公園。四十五歲的楠子，二十五歲的他，兩個人常常下班後晃到小公園，聊著文學和其他，有時還要邋邋鞦韆。一個老文青和一個小文青，年齡和身分沒有阻礙他們之間水乳般的交流，雖然大多時候是楠子說，他聽。他一直沒問楠子為何不結婚，聽說家裡還有個老母，難道不急著抱孫？楠子常是心事重重，有時長歎一聲就會唱起閩南語老歌，曲調哀怨至極，眼睛斜看地下，表情也愁怨。

我心內思慕的人，你怎樣離開阮的身邊？叫我為著你，每日心稀微，茫茫過日子……

閩南語老歌幾無例外，都是愁怨的。他年輕的歲月裡沒有、也不了解那種愁怨，他曾想過，如果能有孫悟空那樣的神通，化成飛蟲鑽進楠子體內，或許就能了解這個黃金男人為什麼發愁，但他只能默默陪著在夜裡走來走去。他們從秋天走到了夏天，然後周來了。

小公園已不見蹤跡，路到此完全斷絕，原地豎起一座公寓大樓，貼面的白磁磚已經泛黃，門前掛一個牌招：阿玉美髮，二樓。揿鈴上樓。這是個家庭式美髮院，簡單擺了三個鏡座，一個洗槽，牆上貼著翻了角的美女海報，就跟幾十年前的家庭美髮院沒兩樣。兩個美髮師，胖一點的在掃地上的髮屑，另一個在幫客人吹頭髮。

「來坐啦，要洗還是要剪？」

「洗頭，有修面嗎？」

「有啊。」胖胖的女人過來，替他在後頸上墊一條毛巾。他看著鏡中的自己，滿頭灰髮，汗溼的襯衫西裝褲，皮帶緊勒著肚皮，面容青蒼，眼裡布滿血絲。不單是小公園不在，那個不知愁的年輕人也不在了。哀樂中年，他了解楠子的煩憂，但為時已晚。如果時光能回到從前……

「你們這家店開很久了？」

「我們是最早的哦。美玉啊，我們有二十年了吧？」

「那你知道這裡以前有個小公園？」

「小公園，你說這裡嗎？這個我不清楚。你以前住在這裡？」

「那個花市呢？那條鐵路呢？」

「花市？」那個叫美玉的接口，「花市以前有的，後來拆掉了，鐵路早就沒了，你多久沒回來？」

「很久了。」

時間和空間一樣，都能製造距離。他已經到了小公園，或許這座椅的位置就是那個鞦韆架，只是隔著二十五年的迢迢長距。空間還在，時間改變了一切。

「先生，你一定去過很多地方？像我們哪裡都沒去過，二十年都在這裡，開始做的時候，我才剛結婚，現在兒子都在吃頭路了。」

「南部墾丁、東部太魯閣，總是去玩過的吧？」

「真是見笑，我一出門就迷路……」

眼前兩個笑呵呵的女人，守著美髮院二十年，不曾遠離。是因為她們有根嗎？當時倔強的他是這麼跟楠子道別的：我沒有根，我可以走得更遠。

手機響，接起，是周敏慈，說已經在飯店一樓的咖啡座等他。

4 周敏慈收到的百合花

咖啡座裡一張檯子邊，單單坐著一個女人，他徑直朝那裡走去，在對面沙發上坐下。「等很久了？」

「也沒有。」女人掠掠遮在眼前的短髮。瓜子臉變圓，眼睛擠得小了，臉色黃黯，兩道明顯的淚溝，穿一件藕色中式棉麻上衣，戴民族風的配飾。她也在打量他，兩人都沒對彼此的變化作出評語。

「好多年不見了，聽說你在大陸，事業做得很大？」

「馬馬虎虎，」他頓了頓，還是單刀直入，「他現在怎麼樣？」

「準備送到安寧病房了。」她的語氣很平靜。或許楠子已經病了很長一段時間，或者兩人的感情並不好？又或者，她還是那個喜怒不形於色的府城閨秀？

「如果知道他病了，我會早點來看他。」

「謝謝你專程回來，我想他會希望你來送他的。」

嘴裡泛出酸味，他想到飯前忘了吃胃藥。點的熱紅茶此時送上來，一套精緻的描花茶組，杯裡一個廉價的立頓茶包。他把茶包在熱水裡盪盪，拿出來擱在茶碟上，慶幸有這個中斷可以重整心情。「有什麼我可以幫忙的嗎？」

「其實，他可能醒不過來了，是我想見你。」周敏慈直視著他，「我有一些事想跟你談。」

他不由得神色一緊，她卻笑了，「記得以前，我們三個一起看電影？」

「是啊，他說你像尤敏，美人。」

「那段時光真是無憂無慮，我每天都期待著上班，可以看到你，看到他。」

「哦，」這些充滿感情的話語，讓他有點尷尬，便故作輕鬆地說，「我們還為了你，幹了一架。」

她點點頭。

「他告訴你啦？」

她淡淡一笑，「他什麼都沒講，但是我都知道了，我也知道那束花是誰送的。」

他把花市買來的一捧半開的百合放到她桌上時，迎來楠子帶著妒意的複雜眼神。但是當她的眼光在他們兩人身上轉來轉去時，他跟楠子卻很有默契地保持了沉默。這是探知她心意的最佳機會，他跟楠子，她喜歡哪一個？

周敏慈猜是楠子，楠子將錯就錯，跟她成雙入對，從此三人行成為歷史。於是，有一天，他把楠子堵在了下班途中。

楠子冷冷看著他，這眼光更激起他的怒火。

「你為什麼……」他一激動就說不出話來。過去，他是怎麼敬愛楠子的，把他當成自己的偶像，有意無意地模仿他，還想為他排難解憂，現在，他竟然橫刀奪愛！他腦裡不斷轉著這樣的念頭，用它來解釋心頭翻騰的恨意。

「這是她的選擇。」

「不，這是你的選擇，你的！」

楠子不理他，徑直往前走，他跟在一步之後，看著楠子那再熟悉不過的背影，左肩比右肩高，天生捲髮蓄到脖頸，穿著慣常穿的鉛灰色薄夾克，皺巴巴的卡其褲，一個綠色綻線的舊書包（那時老文青流行背中學書包），書包晃著顛著，眼前人一步步要走到天涯去了。二十五歲的他，再也受不了，搶過去一把抓住楠子的肩頭，楠子甩掉，他又上前抓住，兩人撕扭了起來。

他從未跟人打過架，他覺得楠子也沒有，因為他們撕扭在一起的樣子很怪異，感覺像是抱住了對方，拚命使力不讓對方掙脫。楠子很瘦，身上全是硬崚峻的骨頭，此刻充電般地發熱，在他的臂彎裡好像隨時要散架，他只能全身更加使勁，弄不明白自己是想要摧毀，還是要保護……是楠子先鬆開手，面孔扭曲，汗涔涔淌下，眼睛射出奇異的紅光。「對，是我的選擇。你走吧！」

楠子喘著氣，嘴裡叫他走，自己卻先轉過身快步走掉，他愣在原地，感覺非常混亂。

之後，他遞上辭呈，沒有人慰留。楠子橫刀奪愛的事，早已在公司流傳。大家同情他，但理解周敏慈的選擇。比起黃金男人楠子，他什麼都不是。

夏天再來時，出國留學的事準備就緒，他給楠子打了電話，說他要棄文從商，為獲取個人的成功而努力。這算是對楠子的報復嗎？揮別楠子所代表的一切：自由散漫、不知所以的感懷，在外圍徘徊、沒有目標的遊蕩。兩人吃了一頓口乾舌燥的餞行飯，到國聯飯店喝咖啡，默默對坐，沒有一句不捨和留戀，冷靜自持一如男人之間會有的道別。而今天，他在這裡聽到楠子就要死了。

他嚥下泛上的酸水，感覺到周敏慈審視的眼光，而彷彿能聽到他的心語，她說：「這裡是你們最後一次見面的地方吧？」

他有點慌亂。「我不是因為這個才訂了這家飯店，說來你可能不信，但是我還真沒發現這裡就是，就是……」

「就是天意。我愈來愈覺得，命運有它自己的軌跡，要在哪裡轉彎，你完全拿它沒辦法。」她悠悠地說，「看開了，我都看開了。」

「是啊，人生就是這樣。」

「你，早就成家了吧？」

「嗯，有兩個女兒，都在美國。」

「家庭美滿？婚姻幸福？」

「嗯咳，」他清清嗓子，「還可以，我跟我太太是在紐約認識的。」

她點點頭，歎了口氣，「那我就不知道該不該讓你知道……」

他神經突然繃緊。「知道什麼？」

「今天我們能在這裡見面，一定也是天意吧。」她頓了一下，「我們三個人的故事，你只知道一半，就讓我幫你補全吧。」

周敏慈開始說起當了楠子太太後的生活。他們白天還是同事，只是她調了部門，晚上，楠子伏案寫作，她就充當祕書，替他處理各種寫作發表採訪相關事宜。楠子一直都沒學會電腦文書處理，是她幫著把手稿一個字一個字敲到電腦裡，所以楠子的作品，她是讀得最仔細的人了。在楠子後來發表的作品裡，出現過不只一次相似的場景和情節，都是在咖啡館裡一對戀人的告別。有部長篇，圍繞著國聯飯店附近地標而寫，這些作品充滿了悔恨和思念，評者一度認為是對家國命運的隱喻，楠子在接受採訪時也不置可否。但作為謄寫稿子、又是枕邊人的她，卻覺得這種解讀太牽強。

「我這個文弱自制、缺乏熱情的先生，為什麼不斷書寫這麼熱烈又絕望的感情呢？這個疑問一直困擾著我，我試著探問，但他總是說創作就是一種虛構。」她的眼神閃動如銳利的刀鋒，竟讓他想起自己的前妻。他完全可以想見，楠子如何在這樣的注視下閃躲掩藏，支吾其詞。

「創作是虛構，但重複虛構同一個場景同一個情節，這就說明了他心中有個難解的結，必須靠著不斷書寫來得到緩解。」她推測楠子一定有心繫之人，但是沒有任何蛛絲馬跡顯示有另外一個女人。

他倆膝下無子。楠子五十幾歲後就再也寫不出小說，終日落落寡歡，而她白日上班，閒暇時投入保護動物公益活動，兩人很少交流，晝長夜更長。後來楠子開始生病，病了幾年，醫院進進出出好幾回，她不得不把所有精力都用來照顧他。等到楠子入住療養院後，她突然空閒了，為了讓自己有事做，她開始收拾楠子的東西：再也不會穿的衣鞋，再也不會讀的書，他的手稿、未完成稿、創作筆記……最後從抽屜深處挖出幾本日記。

「你知道嗎？原來楠子只愛銀幕上的女人，不愛現實裡的女人，難怪他一直是這麼冷淡。」周的臉上第一次閃現一絲恨意，「我像尤敏也好，是美人也罷，都是沒有意義的。」

他臉肉抽搐著，說不出一句話。

「我讀他的日記，他從中學就知道自己不愛女人，為了他母親，一直壓抑著。然後，日記裡出現一個年輕男孩，代號L。然後，我也出現了，這才對上了，原來你就是那個L。」

他依舊不知道該說什麼。

「他想放手，可是又很難克制對你的感情，當我誤以為那束百合是他送的時候，他決定要娶我！」她察覺到自己的激動，喝了一口咖啡，「你被嚇到了吧？你有美滿的家庭，大概很難理解他這種……」她伸手拍拍膝頭上的提包，鼓騰騰地彷彿藏著什麼怪獸，需要她的安撫。

「啊，他對你用情如此之深，我當時嫉妒得要瘋狂了，但是，我很快就冷靜下來，因為，這麼多年來，我從來也沒有得到過他的愛情，又談何失去呢？苦的是他，你根本不知情，日記裡說你走得很絕情的，之後音訊全無，大概早就把他忘了，也許你還恨他搶走了我。」她眼角閃動著淚花，「為什麼你當初不說是你送的花？我的一生就這樣走入歧途，到現在，老了，還沒有被人愛過……」

周敏慈的淚水奪眶而出，而他只是啞然呆坐，彷彿沒有聽見，也不曾看到。

周敏慈輕輕拭去淚水，淒然一笑，「失態了，真是不好意思。這些話，沒法對別人說，只能對你說，希望你不要介意。」她看了看錶，「我得回醫院去了，明天上午你來吧，跟他說再見，他會知道的，明天正好是他的生日，這是我能為他做的最後一件事。」

5 黃金男人的愛

「已經移往安寧病房。」

走出飯店時，看到周敏慈發來的短信。這表示他們已經拔除楠子身上的管線，停止所有苟延生命的醫療，只給他最基本的支持，讓他盡可能自然離去。

楠子隨時會走！他不禁加快步伐。

周提醒過他，早上尖峰時段，打車不如在飯店外搭捷運。捷運扶梯進口處，一個慈眉善目的老人抱一疊傳單，看他走近便提高聲音：「神愛世人，創造了亞當和夏娃，守護家庭，反對同性婚姻合法化！」一張傳單不由分說塞進他懷裡。同性婚姻合法化？可能嗎？真的嗎？

趕到安寧病房時，他已全身汗溼，空調一吹，一陣侵骨的寒意。脈搏血壓顯示器上，低得可怕的數字，楠子躺在白色被單下，裸著枯乾的左手臂，吊一瓶點滴。左手夾菸的優雅姿態再也沒有了，現在，病魔榨乾了所有，躺在那裡的只是一具行將報廢的皮囊。

他兀自打著哆嗦，周敏慈悄悄出去了。

「她真是個體貼的好女人啊，我們對不起她。」他把椅子拉近病床，近距離看著他的黃金男人。這人已失去性徵，顴骨突起，眼窩深陷，焦黃的面容刻滿病痛折磨的印記。

楠子……

「你在嗎？你知道是我嗎？你真的希望我來送你？」他喃喃說著，慢慢把頭靠在楠子身上，輕輕靠著，怕壓碎這脆弱不堪的軀殼。撲鼻是消毒水的味道。現在很靠近了，是不是？但還是不夠，拉近距離所需要的想像，必須讓心念的流轉取代，因為，他們彼此都想像得太久了。

二十多年前，我不明白湧現心裡的感覺是什麼，頭也不回就走了，你說我絕情。其實，我是害怕，害怕那種無法命名的強烈感覺，只能一走了之。到了紐約，遠遠離開了你，我看到身邊有男人愛著男人，女人愛著女人，或者兩者都愛，我懂了。但是，我還是選擇成立一個家庭，生育小孩。楠子，你了解的，我太需要家人了，我要把家族的血脈傳下去，愈多愈好……是這樣的想法啊！跟自己的感情無關，就是生存的考量，一直是這樣過日子。別人看我一帆風順，什麼都不缺，其實我心裡一直有很深的疑惑：我到底是個什麼樣的人，為什麼到哪裡都是可有可無飄蕩無根？什麼是幸福？我是不是真的嘗過幸福的滋味？工作上第一個項目拿下時，真的很興奮，拿下第十個項目時，我關了電腦就去睡了。後來，我的家庭還是散了，我又是孤伶伶一個人。再後來，我不再抗拒那些年輕小朋友的魅力，他們崇拜我的成熟和多金，我是他們眼中的黃金男人。跟他們在一起，我想到你，當年我沒能給你我的青春，楠子……現在你要走了，我也老了。我，就是一個懦夫。我沒有勇氣面對，即使在紐約，當我明白過來的時候，也沒有回頭找你。

他哽咽著，嘴唇拚命顫抖。

我沒有去面對。人生已經走到這裡了，不用跟自己過不去，就這樣吧，馬馬虎虎，得過且過。昨天周敏慈來找我，我知道，你的日記就在她包包裡，她應該是想帶來給我看的，但是我告訴她，我家庭美滿婚姻幸福。楠子，原諒我，我就是個混蛋，一直到最後，我還是背棄了你！我現在明白了，終於明白了，我之所以沒有根，因為我不敢愛。那個教授說錯了，距離，不是靠想像去跨越，是靠愛啊！

他再也無法克制，緊緊抱住楠子的身體，那身體一點彈性都沒有，靈魂正在一點一點地離開，他哭得像個孩子。不敢去愛、不知道自己是誰的黃金男人，在這樣的時代裡老朽了。

最愛胡椒餅

「那個女的到底是懷孕，還是胖？」

有人在竊竊議論。大驚小怪，沒見過胖子嗎？宛鈴斜眼瞄去。

那是一對年輕情侶，男的背雙肩包，一身休閒打扮，女的鬈髮梳成馬尾，穿一條低腰短褲，石榴紅的無袖上衣，下襬綴白蕾絲邊，蓋在小腹部位，強調著那裡的平坦，同樣露出來的還有兩截甘蔗般細瘦黃白的手臂。是都沒在吃飯嗎？宛鈴不以為然。

六月的淡水，遊客的汗水流下又被太陽吸乾，轉角的這家胡椒餅老店，大排長龍。每隔幾分鐘，木炭慢火烤著的胡椒餅散發出爐前的肉香，小店門口便開始聚攏人潮，五花肉和精肉兩種餡，都是那麼油香撲鼻，酥脆的外皮一咬開熱油燙嘴，卻香得讓人捨不得不咬第二口。

這家老店原開在板橋，就在宛鈴家附近的市場裡，從小吃到大，什麼是家的味道，這就是家的味道。她的媽媽煮菜清淡寡素，少油少鹽少糖，就像一個不苟言笑沒有個性的人。宛鈴在這樣的家庭長大，卻有不同的胃口，總是在回家經過市場時，給自己買各種好吃的零嘴：夾蜜餞的小番茄，抹上花生粉的豬血糕，灑辣粉的鹽酥雞，當然還有最愛的胡椒餅，配上一杯絕不少糖的酸梅湯或是百香果汁。她不想為養生或身材而放棄喜歡的食物，這樣人生就太虧了，虧待自己。坐在媽媽清淡的飯桌前，對著媽媽那黃瘦無表情的臉，為了不讓媽媽起疑，她乖乖吃光碗裡的飯盤裡的菜，吃到肚子鼓脹如蛙，打出一個大大的飽嗝。那個嗝充滿了異香葷腥，讓媽媽驚訝於食物在女兒腸胃裡的加工變化。

宛鈴的口氣如果沒有洩露打野食的祕密，她日漸圓滾的身材也讓一切昭然若揭。誰有能耐瞞住爐上正在燉雞湯的事實呢，無言的香味昭告了一切。十六歲後，她就像氣球般開始發福，從一個圓圓的可愛少女，長成一個豐腴的女孩，到如今成了終年懷著四、五個月身孕的女人。

「你看哦，走路的時候，肚子的肉肉如果會動，就是胖，不動，就是懷孕。」男孩很權威地說著，這個入微的觀察，惹來女孩在背上捶了兩記。都在看女人的肚子哦？

「再三分鐘就好了。」櫃台後的女人開始登記排在前面客人要買的數量。五個，八個，十二個，宛鈴瞪一眼那個訂了十二個的男人。家裡是有幾個人啊？這麼大的肉餅，吃一個就飽了，就是她也只能吃上兩個。

小時候，賣胡椒餅的就是一個小攤，夫妻兩個，一個做，一個賣。那時沒有這麼多人聞香而來，忠實顧客都是左鄰右舍。胡椒餅是屬於那個市場、那幾條里弄人家，屬於宛鈴的。現在，什麼特別一點的東西，馬上就上報上電視，最要命的是上臉書，甚至傳到大陸的微信朋友圈和大眾點評，一家烤餅萬家香，小巷的私人祕密被公諸於眾，再也不屬於哪個人了。

後來，媽媽生病，腿腳無力，她們搬到有電梯的公寓，就再沒有光顧這家店了。等到媽媽走了，她很快結了婚，生活穩定下來，有一天去板橋探望生病的中學老師，經過市場才想起她的最愛胡椒餅。老鄰居告訴她，胡椒餅搬去淡水了。她專程搭捷運到淡水，走過長長的美食老街，第一次對紅豆餅、臭豆腐目不斜視，沒有停下來喝一碗花生豆花或買一根烤香腸，不管什麼淡水魚丸或魚酥，只是一門心思往前，循著胡椒餅的肉香，來到了店門口。她不再是那個把所有零用錢都拿來買吃的饞嘴女孩，但捧著滾燙的胡椒餅時，她笑得跟那個女孩一樣滿足。第一口還是燙嘴的，滋味跟記憶中的完全一樣，她不敢相信世上竟然有事物可以如此恆久不變，一直在等她，等她歸來。

宛鈴打量店裡忙碌的一家，賣餅的是大姊，做餅的是二妹和么妹，爸爸烤餅。這一家也沒生男的……她的汗水肆意在身上四處流淌，衣服黏在身上像第二層皮膚，只要一移動，兩條大腿的肉互碰像要膠住了一般。好容易排到她，五花肉已經賣光了，只剩下寥寥幾個精肉。她有點失望，五花肉比較香啊。她買了兩個。天成不吃，事實上，婆婆一家都不吃，女兒臻臻只願意吃外面那層酥皮。胡椒餅是她一個人的最愛，無法分享。

手機響，是婆婆。「你在哪裡？」

「淡水。」

「又跑去淡水？」

「有什麼事嗎？」

「秀美回來啦，晚上在餐廳吃，那間櫻之花，你知道的，把臻臻帶過來，還有天成，他手機打不通。」

秀美是天成的大姊，姊夫在江蘇昆山開工廠，她帶著兩個兒子在上海買了房子讀台商學校，回到台灣總是回娘家，大包小包帶一堆。前幾年喜歡帶大陸的南北貨，碩大的香菇、干貝、烏參，聽人說大陸食品管理不善，有添加物農藥殘留，大家不敢吃，後來就在上海城隍廟買扇子、絲巾、珠包和玉飾，再後來不知道還能帶什麼，回來就請大家吃一頓。

「好啊，我打給他。那家壽喜鍋好吃！」她笑著說。

婆婆也笑，「就知道你愛吃，晚上六點在餐廳見。」

宛鈴把手機收到斜背的皮包裡，皮包穩穩靠在她隆起的肚腹上。快四點了，要請客現在才通知。她看看身上一件天成的藍色舊恤衫，上頭一隻老虎瞪著眼睛，幾年下來褪色到像病貓，下面是一條鬆垮垮灰色七分棉褲，紅色人字拖。穿這樣是要怎麼去？她加緊腳步，汗水涔涔從額頭流下，鼻頭油滑，兩隻肥胖的手臂和兩隻大胖蘿蔔腿用力擺動著，可是那人字拖只適合散步，不適合趕路，一直從腳底滑脫開去。現在這樣是要怎麼吃胡椒餅？趁熱吃才香。她不耐煩地按鍵打通女兒手機。學校離家很近，女兒自帶鑰匙。

「晚上姑姑回來，要請吃飯。」她又叮嚀一句，「先開始寫功課哦！」然後按鍵打天成手機，等了很久，轉入語音信箱。她不想自己帶著女兒出現在這樣的家庭聚餐。無論天成在家怎麼樣懶怠無賴，在媽媽和大姊面前，他還是一副好先生好爸爸的模樣。她想維繫這個形象，為自己，也為大家。家和萬事興。她想到電視上的閩南語節目，最常說的就是這句話，她從小也是受這樣的教養。女人要忍耐溫柔，理解和支持她的男人，退一步海闊天空。電話響了，是天成。

宛鈴帶著臻臻滿頭大汗拉開榻榻米包間的紙門時，婆婆提高嗓門說：「怎麼這時候才來？我們等半天了，等你來點菜！」

「歹勢歹勢！」宛鈴道歉，一邊接過菜單，一邊跟大姊點頭。

「宛鈴，你這是？」秀美盯著弟媳隆起的肚子。天成想要添個兒子，全世界都知道。

「沒辦法，我喝水也會胖，大姊你怎麼都吃不胖？」

婆婆說：「趕快點，秀美中午沒吃，忙得沒空吃。」

宛鈴搖頭。俗語說「吃飯皇帝大」，什麼事能讓人忘了吃飯？腦袋忘了，肚子不會忘。她下意識拍拍肚子，肚腩隨之彈動。每次全家出門打牙祭，都是她負責點菜。她坐下來，也不看菜單，按了桌上的叫人鈴。服務生笑容可掬地來了，她行雲流水點了炸蝦天婦羅和海膽壽司，烏龍麵是婆婆喜歡的，蘆筍甜蝦手捲和生牛肉是大姊愛吃的，鰻魚飯是女兒的，味噌湯四份，茶碗蒸三個，婆婆不吃蛋，還有一份生魚片拼盤大家分享，再加一份鹽烤鯖魚……

婆婆在旁提醒媳婦，「還有烤魚下巴，天成最愛吃這個。」

「再一份烤魚下巴。」她清清喉嚨。點得太多了。

秀美問：「天成呢？」

「今天下班晚一點，叫我們先吃。」

「味噌湯少一份？茶碗蒸……」

「我不吃，留著肚子吃別的。」她怕婆婆再問，連忙笑嘻嘻給大家倒茶，問大姊這趟回來多久。

幾碟糟毛豆和涼筍等涼菜上桌了，配上熱氣騰騰的大麥茶，大家吃了起來，主要聽秀美說話，這次回台灣來檢查身體，全身不舒服，頭痛失眠關節痛，「你看我瘦了好多吧？」秀美對媽媽說，宛鈴卻覺得是說給自己聽的。說瘦了，是逗人憐惜，說胖了，那就是討罵。天成不是老愛說她，身上的五花肉好賣了去做胡椒餅。她想到小時候讀的故事，板橋三娘子開旅店，晚上做白大的饅頭，早上客人吃下去唷唷兩聲，伏下身去變成驢。吃了她五花肉做的胡椒餅，人會變成什麼呢？

秀美夾起一塊沾滿美乃滋的涼筍繼續訴苦：「我還心悸，突然一陣跳得很快，一天好幾次，難受哦！」

宛鈴咳了起來，連忙灌了幾口茶。剛才是不是心不在焉把毛豆殼一起吃進去了？她怕別人看出她此刻的心也是亂跳的，一下子快，一下子慢，就像一個抓不住節奏笨拙的舞者。

臻臻吃了半盒鰻魚飯就玩起手機，宛鈴早就放下筷子，只是給大家倒茶。一直吃到七點，天成也沒出現。

「再給他打電話，怎麼還不來？」婆婆說。

宛鈴卻好像恍神了，目光有點呆滯，沒有反應。

「你是怎麼了？你不是想吃壽喜鍋，怎麼沒點？」吃飽後，婆婆終於注意到媳婦不對勁。媳婦好吃是出名的，每次看她吃得比兒子多，心裡總是不舒服。女人嘛，還是要秀氣點好，把自己吃得這麼胖，太胖了難懷孕，十年了，老二連個影子都沒有，什麼時候才能抱孫？掃視桌上的食物，烤魚下巴固然是沒動過，其他東西也剩了不少。

「你今天是怎麼了，是不是又去買胡椒餅？」

宛鈴張嘴想說什麼，末了只是囁嚅著說：「兩個，我只有買兩個。」

沒吃完的東西，婆婆囑咐媳婦打包回去，「天成忙得連飯都沒有來吃，等他下班回家，你把這些熱一下給他吃。」

宛鈴順從接過一大袋打包的食物。

「宛鈴，下次大姊請客，你要空著肚子來哦！」秀美拍拍她的手臂。打包回來的日本料理，放在廚房餐桌上，打包袋旁邊還有一個紙包，是完全冷掉失去誘人香味的胡椒餅。

她心裡空空的，遙控器拿在手上，電視裡主持人和嘉賓誇張地談笑，一陣又一陣，他們在說什麼？轉台。戴俏皮帽子恤衫短褲的主持人正在南部的一個夜市，吃什麼呢？往常她對這種節目最有興趣，之前的尋覓和奔波，識者的推薦，香味的逗引，各種前戲鋪墊，終於把食物拿在手裡，小心翼翼送到嘴邊，饑不可耐咬下第一口，香滑的油膏流淌，滾燙的汁液噴射，眼睛緊閉嘴巴大張，搖頭歎息和尖叫，那無法置信的表情，就是美食節目的高潮。至少對她是的。她總是目不轉睛盯住主持人咬下第一口後的表情，因為她吃不到，只能看著表情想像，而吃到美食的極樂表情，每個人都是不一樣的，卻又是一樣的，宛鈴總是看得心旌神搖。但不是今天。

她關掉所有的燈，上床，今天不用為天成留一盞燈。下午那個女人羊水破進醫院了。她躺在床上，身體軟綿無力，彷彿自己也經過了陣痛的折磨。應該生了吧？她生臻臻時很快，三個多小時就生完了。天成在電話裡一副木已成舟你想怎樣的口氣，無賴無情不講理，這就是她自己挑的先生。她跟天成說，無論如何，希望你來一起吃晚飯……她不想離婚，不想讓臻臻跟自己一樣，只有媽媽，沒有爸爸。

但是天成沒有來。他當然不會來。兒子，他就是想要一個兒子。那個女人是復健科的小護士，她去偷看過，眼睛一大一小，平胸扁臀，苗條得像個沒長成的小女孩。天成兩年前扭了腰，在那裡做了三個月復健，慢慢人就精神了，臉上有笑容，對她和女兒都多了點耐心。她還以為好日子回來了。

當那個女人在醫院裡為天成生兒子時，她在排隊買胡椒餅。花了整個下午，跑到淡水去排隊買到的餅，不是想要的五花肉，而且到現在也沒咬上一口。躺在床上，肚子咕嚕嚕地叫，她連晚餐也沒好好吃啊，眼淚不禁流了下來。

一個禮拜過去，宛鈴知道天成跟老闆請了假，曾經回家拿過一些衣物，留了點錢在桌上。女兒對爸爸的失蹤不聞不問，平時父女作息的交集本來就少。禮拜六早上，臻臻才想起來，「爸爸呢？」

「去香港出差。」

「哦。」臻臻低頭看手機，「讓他給我帶小熊餅乾。」

「要看爸爸有沒有空。」

「喂，媽，這禮拜我們怎麼天天都吃外帶？」

平日都是她自己下廚。她喜歡煮飯，在廚房裡忙碌時，心裡很踏實。天成當初就是被她的好廚藝迷住的，他總是說她煮的飯菜比外頭的大餐館還要美味，下班後喜歡湊過來聞她身上的食物油香，說是「老婆的味道」，女兒小時候也愛環抱著繫圍裙的媽媽……她的廚藝是不是退步了？趕不上時代的變化，不再合他們父女的口味……

「媽媽又不是煮飯機器！」話一出口，才感到口氣的惡狠，但是女兒恍若未聞，繼續滑手機。

這時婆婆打電話來，說附近咖啡館有優惠活動，買一送一，讓她過去一起喝咖啡。

下個月馬上要過七十大壽的婆婆，看起來年輕，喜歡出國旅行，生活方式也很洋派。台北大街小巷咖啡館林立，不只是一般的咖啡連鎖店，而是各種精品和手沖咖啡館，櫃台後面沖泡咖啡的都是咖啡達人。像婆婆這樣年紀的女人，坐在時髦的咖啡館裡，詢問著店裡新到貨的咖啡豆特色，偏酸或帶著果香，點一杯來自古巴或牙買加的手沖咖啡，誰都要多看她兩眼，婆婆此時總是一副不在意的表情，其實心裡得意得很。這點宛鈴很清楚。婆婆，不是個簡單的人物啊！為什麼突然找她喝咖啡呢？是不是知道什麼了？還是，天成已經跟他媽媽攤牌了？

泡咖啡館時，婆婆總是打扮得很整齊，宛鈴也不敢像平日那樣舊恤衫短褲就出門。她換上印花寬版長上衣蓋住肚腹，下面還是那件走樣但最舒服的灰色七分褲，照鏡子時習慣性地在腰腹上捏幾把，打聲招呼。這些肉，有多久沒有被溫柔地觸摸了？她下手有點重，在肚腹上留下條條紅印。

宛鈴還沒入座，婆婆就把一個紙袋遞過來，滿臉堆笑。她聞到那熟悉的肉香，味蕾立刻甦醒了，渴望家的味道。

「你去買的？」她很驚奇。婆婆對她老遠去淡水排隊買胡椒餅，向來嗤之以鼻。

「人好多，我排到第二爐才買到，你愛吃五花肉，對不對？」

她抹去頭臉的汗水，想像時髦的婆婆擠在人群中焦急等候的模樣。

咖啡已經上桌。「今天喝拿鐵，買一送一，手沖的沒有送。」杯子外白內紅，貓尾巴似捲起的杯把，拿鐵上畫了一片葉子，或者是一顆心？

「快喝，冷了不好喝。」

宛鈴聽話地端起杯子啜了一口。已經冷了，入口是苦澀的奶味。婆婆為什麼特地去買了胡椒餅，還陪不甚討喜的媳婦喝不上檔次的拿鐵呢？婆婆不是說過，真正懂咖啡的人不喝拿鐵？

有幾分鐘的時間，婆媳都沒作聲，然後婆婆長歎了口氣，「算是媽媽拜託你了。」

她心頭一緊，天成提出離婚了？

卻不是離婚。原來那個女的產後大出血，身體非常虛弱，還有一些併發症，沒法哺乳，也無法照看孩子。天成把孩子帶到奶奶家，清閒慣了的婆婆哪裡能對付一個成天哭鬧的奶娃。他們母子想來想去，也只有她了。

「這件事，是天成對不住你，現在孩子都生了，媽媽知道你是最軟心腸的，是個識大體的人，你沒在上班，臻臻也可以幫忙帶弟弟……」

「要我來帶？」

「只是暫時的，等她身體好了，自然要帶回去的。」

帶回去，跟天成組成一個小家庭，取代她跟臻臻這個不夠圓滿的家？

婆婆看她不吭聲，繼續勸著，「你幫天成這個忙，對他們有恩，將來，媽媽也會挺你，不會讓你吃虧的。說起來，這孩子是臻臻的弟弟，都是一家人，互相幫忙也是應該的，媽媽知道你是個明理的人……」

婆婆急急說著，手揮動時碰到咖啡杯哐噹一陣響。婆婆向來高高在上，今天竟然頂著大太陽去給她買胡椒餅，坐在咖啡館裡心慌意亂完全失了平日的優雅。想到這裡，宛鈴暗暗捏了自己大腿一下。

「孩子，還好嗎？」

「很好，哭聲很宏亮，跟天成小時候好像。」婆婆笑了。等了這麼多年，終於等到金孫，不過孫子丟給她可不行，即使只是暫時的。

「孩子現在在哪裡？」

「在家，天成看著。」婆婆看看她臉色，又說：「天成都瘦了，幾天都沒睡好，要上班，還要去醫院。」

宛鈴彷彿聽到嬰孩的啼哭，看到天成苦著一張臉。他從未幫女兒換過尿布。

「請個保母嘛，交給我，不怕我把小孩勒死？」她訝異自己語氣的平靜，像在說「我要兩個五花肉的。」

婆婆瞪她一眼，「這是什麼瘋話？」

當然不怕，因為婆婆和天成都吃定她不是這種女人。她只會與人為善，最怕起衝突，讓大家不開心。她笑笑。這時候她應該詛天咒地的，先生跟別人生下大胖兒子……但她不會去詛咒，小護士、天成、婆婆，或是那個嬰孩。家和萬事興，她又想到電視上常聽到的勸世良言。只要她退一步，大家就能海闊天空，拿鐵買一送一，保母費也省下了。

她想像再次懷抱一個軟綿綿的新生兒，皺巴巴的小臉，無牙的嘴，她想像嬰兒扯她的衣襟，索取她的乳房，而她豐滿的血肉和垂墜的乳房，卻無法滿足他的需求，任何人的需求。

她繼續沉默著。從她的座位可以看到負責沖泡咖啡的那個男人，此刻正笑瞇瞇地在乾淨的吧台上抹抹擦擦，把吧台邊一棵卡多利亞蘭調個方向，讓豔麗的紫花正對客人。他摸摸盆裡的泥炭土，似乎想知道花需不需要給水，表面看來是乾的……他中指一探，全指沒入土裡。這麼明目張膽！宛鈴一驚，轉回視線，對上了婆婆詢問的眼光。

她把胡椒餅往婆婆那邊推，「我不吃，要減肥。」

婆婆面露疑惑，「不吃？那，孩子？」

「我不帶。」

「你不要帶？」

「我不要。」

「那你想怎樣？」從未被媳婦當面拒絕，而且是這麼重要的請託，還連著兩次，婆婆的口氣也嚴峻了。

「我想，我要……」她頓了頓，「我要離婚，對，我要馬上離婚。」

推桌而起，快步離開，宛鈴以為這會是自己今天離開的模樣，卻被氣急敗壞的婆婆搶先一步。她好脾氣地付了拿鐵的錢，把胡椒餅留在了身後。

王的女人／

別的女人老了，她看起來還是年輕。不易生皺紋的臉，燦爛的笑容，骨肉亭勻腰線分明，還有湖水般沉靜的眼神，閃動著神祕的水光。但現在，她開始力不從心。

一陣帶溼氣的風吹來。今年第九個颱風剛過，酷熱消失了，只餘清涼，像坐在水邊，軟泥青荇招搖，岸邊蒹葭蒼蒼。她喜歡餐桌邊這個位置，正對大飄窗，一扇鑲彩繪玻璃的對開木門，開向院子的東南角，那裡有她親手栽種的十來株櫻花，春來盛開時，滿眼粉雪簇簇。像今天這種天氣，蚊蚋蟲蠅都被風颳跑，空氣溼潤潔淨，桌上一杯孫姨為她磨煮的藍山咖啡香氣濃郁，她敞開了門，坐在這裡翹高了腳吹風，感覺特別愜意。

這種溼涼的美好感覺遠非空調的冷肅可比，它帶著一種溫柔，幾乎是耳邊的呢喃低語，幾乎是一去不返的青春。她想著，該把爸比推過來一起享受這片刻的愜意。兒子出生後，她就隨兒子叫陸濤爸比，叫到如今。很多時候，年長她十五歲的陸濤，的確像個慈愛又威嚴的父親。

但是爸比禁得起這風嗎？半年前再次中風，這回後遺症更多，半邊身子不聽使喚，嘴角淌涎，幸而腦子還是清楚的。又或者是不幸？他的意志消沉，終日閉著眼睛或坐或躺，彷彿對這世界已經絕望。早就交棒出去的公司，來了幾個老下屬探望，鮮花和水果籃，她也打起精神扮演盡責體貼的前總裁夫人。祝陸總早日康復，明年七十大壽要大大地熱鬧一番，陸總加油啊！謝謝，謝謝大家……

男人六九做七十，七十大壽。轉眼三十年過去。二十三歲她芳華正茂，嫁進陸家門。夫婿意氣風發，幾年後，深圳上海拿地蓋房，熱錢一波波湧進。這當中市場幾度起落，他也被大潮捲起拋出，卻有辦法死裡逃生東山再起，再起時人脈更雄厚，資金更充沛，從高檔公寓、建築裝修到物業管理，一條龍全面覆蓋，業界誰不知陸王建設集團陸總？如果他是力拔山兮氣蓋世的英雄項羽，她就是那解語花虞姬，多少年不曾老去，從嬌豔的玫瑰長成華貴的牡丹，給他生了兩個兒子，大兒子陪爸爸打高爾夫，小兒子玩快艇攀岩，一路讀國際學校，然後送出國，現在一個在芝加哥，一個在雪梨，前年，她抱了孫，還是龍鳳雙胞胎。這樣的人生，誰不豔羨？

她喜歡文學，本想讀書教學，一輩子留在學校，誰知遇見了陸濤。貴太太圈裡少見的文藝氣質，讓她在這個物質特別豐盈因此肉身沉重的圈子裡飄逸出塵。出塵是與生俱來的氣質，後天的環境讓她熟諳世故人情。父母姊妹親朋好友，多受她照拂提攜；朋友間禮數周到，不輕易得罪人，人也樂於攀結。那年，新編崑曲青春版《牡丹亭》來滬公演，她包下貴賓席，把一干姊妹淘都請去，由此牽拉出諸多文藝善緣，名作家講紅樓，古董家說收藏，舞蹈戲劇，中西合璧。撤下麻將桌，各種藝術沙龍課程，就在家裡舉辦，反正孩子上學，別墅裡白天特別清寂。

十幾年前，當房市還是一片大好，陸濤洞燭機先，逐漸把資金撤出飽和的一線城市，往二三線城市挺進，率先喊出文化保存重建，順利拿下許多土地和政府工程。那幾年時間，他忙得連軸轉，過家門而不入，與祕書南施同居在深圳，後又有廣州餐飲業女強人汀娜。她彷若未聞，跟管家、保母和司機守住這個家。母職不是撒錢就能完事，兩個兒子個性就像爸爸，好勇鬥狠寸土不讓，沒讓她省心過。一步步摸索走來，終於等到把小兒子也送出去，鬆了口氣，陸濤卻回家了。在杭州的飯局上中風，緊急送回上海醫治。

那一年，她四十八，夏天還穿短褲裸著大白腿，骨肉亭勻的美背，腰身分明，完全看不出年紀，常有人以為她是這個家的女兒，兒子們的女友。陸濤被送回來，眾人七手八腳幫他躺上新置下可以升降的醫療床，他臉色青蒼，睜開疲憊的眼睛找她，那眼神中的驚惶無助如此陌生。塵沙漫揚，大漠荒涼，英雄不能再逐鹿天下，深圳的南施、廣州的汀娜和其他的女人如水落沙地針入海，只有她，是王的女人。

多少年深居後宮，她不瞭解商場上的爭鬥角力，不清楚王的領地和財富。他病後，一座花用不盡的金山銀庫竟似海市蜃樓，無從查問。家用不至於告急，千金一擲前卻要細思量，從此謝絕程太太定期邀約的名牌採購：南京西路那家高檔百貨開門營業前一小時，從特別通道進入，由專人服務。程太太點她，或許是王給的暗示：錢，還是抓在我手裡，汝當夙夜匪懈，忠貞不二。她笑答不至於吧，名牌什麼的，原也不缺。

之前，他溺寵她，給她名車和珠寶，讓她隨著貴夫人團七大洲四大洋到處玩。那是補償和安撫。現在他回到她身邊，開始管教她，不要做這個，不要去那裡，掌上捧著一顆夜明珠似地，眼光須臾不離。她被朋友拉著去學國標摩登舞，一跳入了迷，手長腳長，天鵝般的頸項，長裙飄飄十分優雅。長身玉立的男老師，她暱稱小老師，再三鼓勵她比賽，提議一起去英國看黑池，那是國標界一年一度的大賽……她猶豫、徬徨，身不由己，後來便不再上課。

她打了個噴嚏，裸臂上起了雞皮疙瘩。四十八歲以後，她開始遇冷打噴嚏，過去以為只有小孩才這樣。四十八歲以後，她晚上睡不好，總像聽到獨自睡在一樓的爸比在叫喚，天濛濛亮醒來，離起床的時間還有三個多小時，她向來晏起。四十八歲以後，消化出了問題，吃什麼都反流，一股熱流從胃焚焚往上湧，如火山熔岩流淌，食道或已焦黑。蛋糕甜點忌諱，紅酒不喝，咖啡減到每晨一杯，各種山珍海味油膩避之唯恐不及。

奇怪的是，過去吃什麼都不發胖，現在什麼都不吃，腰腹卻一天天肥厚，臉頰肉往下掉，下巴疊堆雙層，這些遷移異位的肉把頸脖都壓出了紋路。一夜之間，抬頭紋和法令紋出現了，還有失眠帶來的黑眼圈。她有時簡直不認識鏡裡的自己。原以為時間老人恩寵，讓她神奇地留住青春，沒想到是像小兒子學語，之前一句不說，兩歲生日一過，突然張口說了一句，再一句，一句又一句完整的句子從小嘴裡傾瀉而出。時間老人把積壓二十年的生理變化，一口氣倒給了她。不跳舞後，她出現更多不適：頭痛、關節痛、不知原因的皮疹。她面現紅潮，心跳得亂了節奏，不時長聲歎氣。

朋友介紹她看中醫。來自北京中醫世家、名牌大學畢業，曾在美國客座講學的樊醫師，掛牌於浦東一外資中醫診所。朋友說，別看醫師年輕，針到病除十分神奇，掛號難，有熟人介紹也要排上一個月。但是她的熟人畢竟不同，隔天就在華元中醫見到了樊醫師。

兩年來，每週一次，她去華元扎針，樊醫師有空時，還給她按摩頭肩頸和手部穴位。她把姊妹淘貴夫人圈都介紹給樊醫師。到這年紀，誰身上沒個病痛，駐容養顏，中醫更有一套，何況樊醫師一表人才，善解人意，姊妹們都謝她。

她右手遮住右眼，看向櫻花樹下的鞦韆，再左手遮左眼，看完，眼睛用力眨動。如此這般，從遠處的鞦韆看到近處的咖啡杯，再到浮著青筋但依舊柔嫩的手，左手，右手。歎口氣，推椅而起。十一點的約，市區常堵車，司機小金準十點一刻會在門口等。這兩年，爸比甚至不放心她開自己的瑪莎拉蒂，出入總讓小金送。小金年紀不小，謝頂大肚腩，跟了爸比二十年，爸比在外地忙時，總教小金在家留守。

她踱進起居間。爸比特別喜歡巴洛克，總說從巴黎凡爾賽宮到歐洲多國的宮殿建築，都能看到富麗堂皇的巴洛克風。於是客廳金邊鑲框金粉閃閃，浮雕的大理石柱，圓穹頂上的藻井圖案繁複，牆上是國內幾位被國際認可的畫家作品，抽象寫實眼花撩亂，權當投資。在上海從未冷到可以熊熊燃起的大壁爐，羊毛織就的波斯百花毯鋪在紫檀木地板上，巨大的真皮沙發一落座就直不起腰，重重累累雕飾的長案上是蒐羅或進貢的各國奇珍異寶，金箔貼面的迷你金字塔旁，一尊愛神維納斯雕像，冰涼的裸身，眼珠定定看向不可知的未來。她從不覺得可以在這裡坐下來，讀一本書或發呆。

爸比已經讓孫姨推過來，在液晶大電視前看世界風光片。三十年來，他的心情總是左右著她，他昂揚，她就心安，他沮喪，她便徬徨。病後他頽靡不振，她推掉各種朋友聚會，不再旅行，每天只是守著他。好容易他調適了心情，能自己拄著枴杖到院子看花，還有精力讀書上網，發表議論，有時也讓小金載著去跟老朋友們見面吃飯。他逐漸接受了一個被迫提早到來的退休生活。前年，他們去芝加哥看大兒子和孫子孫女，去年，他們去鄉下看望一百多歲的老祖母……然而那天，他一個人倒在了櫻花樹下，後腦勺磕出了血。

她走到他身後，手放他肩頭。「爸比。」

「要出去了？」

「嗯。中午孫姨給你蒸大閘蟹。」陸濤愛吃大閘蟹，陽澄湖相熟的蟹場老闆特別挑揀最大個頭快遞送來，今年的第一批。

「現在就有大閘蟹？」

「別看天熱，馬上就中秋了。」去年她還溫了一壺陳紹，親手替他掏蟹肉，沾了香醋送進他嘴裡，前院的桂花濃香醉人。

「你的日子過得比較快！」

她縮回手。只要她一不回來陪他吃飯，他就像小孩般耍脾氣。

「時間是公平的。」她繞到他的面前，蹲下來，「我請樊醫師幫忙找的人，今天應該有消息了。」陸濤陰晴不定的脾氣嚇跑了好幾個護士，以為優厚的工資可以要什麼人有什麼人，但合適的人卻難找。

陸濤閉上眼睛，不看她。

或許，她老了更好，不會殘酷對比出他的病弱無助。年齡的鴻溝，曾被他以成功的事業和自信的神采輕易跨越，現在，她必須彎下腰駝了背往他靠近。能夠獨自出門，加入到外頭的花花世界，於他也是犯忌。

她怎麼會存著僥倖的心理？談論婚嫁時，母親提醒她，這男的大你這麼多，你不但要替他生養，將來還要照顧他，為他送終……母親說的是什麼話？她愛他，這個充滿野心幹勁、想要征服世界的男人。而這個男人，五十歲以後東征西討總是不在家，在家也是夜歸或工作到深夜。他是她第一個男人，唯一的一個，一開始她害羞，然後是順從慣性，然後是乍然到來的沉寂。人生不能圓滿不是嗎？有得必有失，你換來的是一輩子錦衣玉食。性愛有什麼？她不曾從其中得到太多樂趣。而這，或許就是那個失落的核心，你不知道錯失的是什麼？更或許，也不是性愛，是這整個說不出來的虛空。

大兒子在紐約讀書時，她給他在寸土寸金的學校附近買了一個舒適的兩房公寓，方便探望。管理員是一對白人母女，住在地下室。老太太長年臥病，女兒莉茲四十多歲，在大學當教職員，一邊上班，一邊照顧老母親。那年她去看兒子，有一天從超市買了蔬果熟食回來，忘了帶鑰匙，門是自動反鎖的。她把購物袋擱在門口，出來坐在公寓前的台階上。一離開王的領地，她又變回平民，皮夾裡的銀行卡信用卡，都不代表什麼，她沒有侍從可以召喚，沒有人際網絡可以求助。

路邊停了一排車，路樹搖著亮閃的金扇子，這裡也有銀杏！她微笑。金扇子落到車上，輕輕擦了一下，繼續下滑，滑到車底下去了。坐在硬石階上，一隻大黑螞蟻啣著白色的餅屑或什麼經過腳邊，她突然感到一陣顫慄。只要輕輕抬腳，就可以把這隻螞蟻踩扁，不用再覓食了，生命止於此刻，沒有什麼理由。人們在她眼皮底下匆匆趕路，沒有人多看她一眼，如果他們抬眼看到她，可能以為她也是學生。她還年輕，還太年輕，她可以隱遁在這樣的城市裡，開始一種新的生活。

莉茲下班回來時，她的屁股已坐得發麻。莉茲請她到家裡等候。地下室有兩扇半截的窗，光線不好，空氣凝滯，室內堆滿了雜物，還有一股病人身上難聞的氣味。她坐在沙發的一角，屁股下有幾本雜誌，那些書和雜誌散落在沙發上，她不好意思當主人面收拾，主人也沒覺得必要收拾，所以她就當作沒瞧見。莉茲給了她一杯加了太多糖的咖啡，聽著她結巴的英文，她愈緊張就愈說不順暢，中文都冒出來了，莉茲的唇角突然泛起一絲笑，一個居高臨下包容的微笑，眼睛灰中帶藍，像陰天時的大海。半年後，她接到兒子電話，說莉茲開槍自殺了。

莉茲的母親一個月前過世了，之後莉茲一直不見人影，公寓供暖有問題，遲遲不見處理，有時聽到有人大聲敲地下室的門，喊她的名字。兒子沒多想，直到那天，他下課回家，看到警車。別的住客說是聽到了槍聲，有人說莉茲生活失去重心，或是她其實也有病，被長年臥病的母親拉著，一起墮入黑暗的深淵。

她不記得莉茲的長相了，只有那雙眼睛從記憶的迷霧中升起，那是陰天時大海的顏色。她記得在那個傍晚，那個地下室，她對自己的定位差一點全盤顛覆。

等了一會兒，看陸濤沒有話要說，她便起身走開。還有一個小時，可以好好準備，她今天要特別妍麗。

她一到診所，馬上就被請進診療室。診療室在配藥室的隔壁，濃濃的中藥味。樊醫師坐在旋轉椅裡，正在滑手機，一點也不像外界所傳排不到號的名醫。她知道他在等她，她上回說了今天可能會早點來。

他綻開了笑容，整齊潔白的牙齒，門牙間有一條縫，讓他的笑容顯得稚氣。她喜歡成熟男人臉上稚氣的笑容，這種稚氣讓她心軟。他沒問她為什麼沒早點來，他從未怪罪她任何事，她所做的任何事都有她的理由、她的無可奈何，而他照單全收，重點是，她每週這個時間出現在他面前，一如約定。她訝異自己竟然能看得這麼明白，彷彿有本領鑽進他的腦袋。畢竟陪在君王側三十年，伴君如伴虎，揣摩心意已成本能。

她記得兩人初見的情景。兩年前，也是秋節之前，她進到這間診療室，他從金邊眼鏡後看她，再看病歷單，笑問這上面生日年分寫錯了吧？看著四十都不到。

她從心底笑了出來。

也有可能這不過是個輕浮的玩笑。但無論如何，在她的世界裡，沒有這樣輕鬆調笑的機會。她是病患，也是風姿綽約的女人。

唯一尷尬的是，她是因為更年期的不適而來，每當他手指搭上她的，眼光垂下感覺脈象時，她彷彿聽到內裡的氣血咻咻尖聲告密：老了老了呀！可他無視於她的老去，溫柔地下針，下針處一陣痠麻，修長溫涼的手指，在她頸背上體貼地摩按，手指過處，穴道筋脈都被喚醒，說不出的舒暢。

也不知道什麼時候開始，診療結束後，他們便到二樓的西餐廳吃簡餐，白酒蛤蜊義大利麵或火腿黃瓜三明治，佐以西柚汁或水果茶。跟男人聊天，不同於跟姊妹淘，她的美麗因此得以延續。一週一次，她安然在他面前展示彤彤晚霞般的美麗，有時也跟他訴說心情。

然而幾個月前，他們的互動有了微妙的變化。他態度殷勤依舊，但不再調笑，還有什麼也變了，她一時說不上來。這改變意味著什麼，她琢磨，就像一個熟人的名字，怎麼也想不起來，從百家姓趙錢孫李一路傻傻往下想，希望找到一個對的姓，ring a bell，叮咚對上號。

程太太告訴她，樊醫師在虹橋開了自己的診所，那裡有很多日本人和台灣人，還有仰慕中華傳統醫術的外國人。她當面詢問，他說就是個小診所，有點遠，讓她以後還是來這裡，他每週五都會過來。聽起來像是專為了她而來，她垂下眼皮微笑，卻突然感到不安。這感覺不陌生，她迅速抬眼，對上他的眼神。對上號了，改變的還有他的眼神，他看的是王的女人……

那之後，一切照舊，至少表面上。她早聽說北京中醫世家的家世是訛傳，他來自北方一個小縣城，是城裡第一個大學生。名牌大學是真的，留美客座只是短短一學期，在一個野雞大學。但她留戀他手指輕搭她脈上的感覺，溫涼，溫柔，像一個不帶占有欲的吻。

樊醫師給她把了脈，「睡眠沒改善嗎？」

她搖頭。

「眼睛呢？還是老樣子？」

就在兩人的互動起變化時，她發現右眼視力下降，看近看遠都模糊。針扎了，明目的藥吃了，不見效。他建議她去眼科做詳盡的檢查。

扎針後，她要求按摩，他聞言把椅子往她這裡滑來。他聽話。這麼一個聰明人，縣裡唯一的大學生，上海執業的中醫師，事業正在起飛，機會千載難逢。

他身上有好聞的古龍水味道，彷彿是為了此刻，為了她而噴的。她願意這樣相信，至少此刻，當這氣味籠罩著她。她閉上眼睛。

他不會知道，她的左眼看到的他比較小，右眼看到的他比較大。一大一小，在她腦裡投下模糊的成像。他不會知道，右眼的世界是扭曲不平的，朦朧如起霧，再過幾年，如果沒有奇蹟，就近乎瞎了。是的，她不打算告訴他，告訴任何人，如果王不允許有任何祕密，她的病就是她的祕密。醫生說，病的起因不明，無法預防，也無法治療。只能兩害相權取其輕，是承擔手術後視網膜剝離和白內障的風險，還是忍受視力的模糊，自己決定。

一般發作於七十歲老人的眼病，卻發生在她身上。她正以瘋狂的速度老去，視力第一個背叛了她。當右眼視力降到幾乎看不見時，她是否還要為它化眼妝，讓它跟左眼一樣，作出看向這世界的姿態。又或者，其實是看不清的右眼，讓她根本無法替左眼化妝？還會有人讚美她眼睛美麗嗎？她想著這些瑣細的問題，被它的荒謬和真實啃噬。

樊醫師看她就像看王的女人，為她服務，但效忠於王。她不再是那個風姿綽約的女人，而是一個允諾，一個機會。跟負責匯報她行蹤的小金一樣。當年，為了不給小老師惹麻煩，她不得不停掉舞蹈課。

那是記憶裡僅有的快樂時光，當她被小老師擁著翩翩起舞時。每堂課結束，她疲憊至極，因為身心長時間處於興奮緊張的高峰。但疲憊是好的，痠痛也是好的，無感才可悲。她回家，樂符和舞步繼續在腦裡盤旋，她看著餐桌邊垂老的男人，心中浮起一絲久違的溫柔。她卸妝，洗澡，檢視右手和後背有否小老師的指痕掌印，因為那觸感還新鮮留在皮膚上。她要這些感覺，她的肉體和心靈已經開始打瞌睡，在變成行屍走肉前，她得盡力喚醒它們。

大王意氣盡，賤妾何聊生？舉起舞動中的劍刺向自己，虞姬是自願的嗎？

「今天肩頸很緊，心情要放輕鬆點。」

「我會的。」她整整衣服，優雅地翹起腿，「你找到人了嗎？」

「有人選了，說是照顧中風病人很有經驗，一般西醫的復健和中醫調理都能行，外頭仲介給不了您這種人……」

「能吃苦嗎？」

「這個您放心。」

「長得好看嗎？」

他露出解意的微笑，「不會太好看的，一般吧……」

「要好看的，年輕漂亮，其他都是次要。」她說，「他半邊不能動了，眼睛還可以看，我希望他保持好心情，不再瞎操心，對健康不好，對吧？」

樊醫師還在琢磨，她又說：「以後我週五不一定來，但是司機會把我送來這裡，你還把時間排給我，一切照舊。」她強調「照舊」兩字。

樊醫師臉容一凜。沒有那稚氣的笑容，他就是個掛著眼袋、奔四十的男人。

「樓下新開了一間舞蹈教室，你不知道吧，」她說，「你不是說，我需要運動？」陸濤可以投資中醫診所，她就不能投資舞蹈教室？

他沉吟著。

「樊醫師。」

聽她這一叫，他坐直了。

「樊醫師，我們認識這麼久了，我的朋友都是你的病人，算是互相幫個忙吧。」沒有這些貴太太病患，他的診所能維持？

「是是，我知道。」

「時間不早了，我約了人，那麼下週五？」

「我在這裡，不管你，來不來……」

她看著他的臉道別，眼神迷離，他並不知道自己在她眼中是什麼模樣。

她懶得等電梯了，用力推開防火門，快步下樓，心在胸腔裡活潑潑地跳。

久違的小老師在教室等她。在衰老完全擊垮她、在陸濤拖著她墮入黑暗的深淵前，她要讓小老師擁著翩翩起舞，一遍又一遍。

娃娃屋／

「小房間窗戶卡住了。」

「唔……」

「晚上要下暴雨。」

「嗯……」

「瞳瞳姊？」

瞳瞳在照鏡子，她一照起鏡子，就像進了另一個次元。

「瞳瞳姊，瞳瞳？」

「什麼事？哦，知道了。」

瞳瞳說她知道了，那就沒我什麼事了。那個房間的窗戶卡住也不是一天兩天的事，五月天氣暖和後，窗戶打開來就再也關不上。房間朝北，只有一個單人床，一個塑膠衣櫥，一個小桌，一直空著。有時瞳瞳的朋友來玩，喝醉了，玩得太晚了，他們寧可在一樓沙發上湊合，也不想睡那小房間。那個房間一進去就感到說不出的壓抑。瞳瞳說，那房裡死過人。

瞳瞳一隻眼大，一隻眼小，她總說她有陰陽眼，可以看見一般人看不到的東西。如果這是真的，豈不是很可怕？瞳瞳說，有什麼好怕，就那麼回事。

我問她，你可以看出一個人的好壞嗎？瞳瞳只是翻翻白眼反問，怎麼樣是好，怎麼樣又是壞？

今天是週六，週六向來由我負責買晚飯，正正經經有菜有飯有湯的晚飯。這算是我跟瞳瞳和豆哥的每週聚會。平日我們各有各的作息，雖然住在一個屋簷下，大家各懷心事，遇到了，也把對方當作空氣一樣。但到了週六，大家都放鬆下來了，我們就會像家人室友一樣，好好一起吃頓飯。

今天我想搞點新花樣。從市場裡買了雞腿肉、洋蔥、紅蘿蔔和土豆，在超市買了咖哩醬，辛辣味的和不辣的各買一盒，因為豆哥吃辣，瞳瞳有時吃有時不吃，要看她皮膚狀況。她的皮膚狀況特別多，可能是保養品水光針玻尿酸埋線按摩各種整，皮膚也就時好時壞。至於我，我是無所謂的，只要是加了土豆紅蘿蔔的日式咖哩雞，醬汁濃稠，淋在白米飯上。

食材都堆在廚房檯子上，我打算五點半動工，七點開飯。這個時間是固定的，即使有人沒到，七點也會開飯。豆哥一早出去了，不知道今天會不會帶人回來吃飯。一鍋咖哩雞，一鍋米飯，應該夠的，瞳瞳吃正餐時都在減肥。我還準備了一打啤酒，今天是我十八歲生日。我從來沒喝醉過，因為我一喝酒就會哭。

剛有點酒意，剛覺得一股哀傷從腹部湧起，心開始又綿又酸時，酒罐就被拿走了。但是今天，我無論如何不哭，我十八了。我要跟他們一樣，喝多了就咭咭發笑，瞳瞳笑到捏她最寶貝的臉，撳那朝天的鼻，咬牙切齒恨鐵不成鋼，豆哥笑到掀桌子，酒醒後咒罵著去收拾，把碎掉的碗盤賠給瞳瞳。

咖哩雞怎麼做？我回想媽媽操作的程序。我曾經幫過忙的，不是嗎？媽媽讓我削紅蘿蔔皮，要我當心削到手指頭。刨刀和菜刀，平時不讓我碰的，但媽媽說女孩家總要學做菜，有她在旁邊盯著，就不會出意外。土豆皮更難削了，它的表面凹凸不平，刨刀常卡在芽眼小渦，本來很順地往下刨，突然間動不了。我使勁，削落一塊厚厚的皮。我再用刀尖挖那一個個深褐色的眼，然後切塊。一刀剖開兩半，再切兩半，再兩半……是不是切得太小了？

把切好的丁塊全掃到一個洗乾淨的外賣盒。砧板沖淨了，接下來切洋蔥。刷刷刷刀起刀落，圓滾滾的洋蔥倒下了散落了，四肢分離在砧板上，比血更衝的氣味竄進鼻腔。我不喜歡這味道，可是媽媽說過，放點洋蔥可以去掉肉的腥味，讓湯頭更甜。好吧，這是媽媽的食譜。

雞腿買了六根，我想豆哥和他的朋友會喜歡多吃點肉，爸爸就是這樣。老闆已經幫我把骨頭剔出來，我摸摸黏滑的肉，肉上的黃皮，皮下的黃脂，我又戳戳骨頭，上頭殘留著肉屑和筋。我想到這隻骨頭帶著血肉時，長在一隻雞身上，牠用它向前踱步，啄食，追逐別的雞，又或者只是用它長時間定定立在籠子裡。飼養的肉雞從蛋裡孵出後，就在籠子裡長大，一年，兩年？兩年就老了，肉不嫩了。

奶奶有一回來家裡住，從市場買了一隻老母雞，說要給爸爸炖湯。老母雞拴在陽台上，隔天要殺時，發現牠下了個蛋在地磚上，旁邊有兩根黑灰色的羽毛。

妹妹為什麼哭？

母雞，可憐。

天冷了，喝碗熱呼呼的雞湯最舒服了。

一定要殺牠嗎？

不能養在陽台的。

十歲的我的淚珠一直滾下來，說不清為什麼覺得母雞可憐。是因為，牠臨死都還在下蛋吧？在雞場每天準時下蛋，這兩天沒吃沒喝也乖乖下蛋。牠知不知道死到臨頭了呢？

我打了個哆嗦，手裡的菜刀沉了沉。

起油鍋，洋蔥炒到有點焦，現在這味道就好聞了，下鍋前那麼生猛刺鼻，下鍋後服軟放出香味。爸爸曾帶我去看一個表演，在紐約。紐約有上百個大大小小的劇場，爸爸帶我去的那個靠近河邊，以前是屠肉廠，改成了小劇場。演員在舞台上說話、泡澡、吃飯，有只平底鍋裡放了奶油和洋蔥，小火加熱。我聽不懂他們說什麼，只記得男演員的光屁股，還有這香味。

妹妹才幾歲，都出國好幾趟了，爸爸媽媽以前留學的地方，也去過了。

但是我沒去過天堂。

所有東西都放進煲鍋裡煮。小火。是現在加醬還是煮好了再加？我準備手機上網查一下食譜，有人撳門鈴。瞳瞳的朋友都是推門而入，來的一定是陌生人。

白天大門不鎖的，我總是在房子裡，這裡也沒什麼貴重物品。比起我過去住的地方，這裡簡直就是破爛堆。

這個房子是兩層紅磚房，跟隔壁共一堵牆，馬蹄型的一圈空地，堆著雜物，上頭蓋一條汙穢的帆布，裡頭八成有毒蛇和大蜘蛛。角落有塊地，瞳瞳說種得有蔥有蒜有小辣椒，還有薄荷葉，夏天可以採來泡茶去暑。但是我看到的只是一堆雜草。

我走過院子去開門，門外站著一個女人，看到我時，眼睛裡流露出一種恐懼的神情，似乎想轉身就跑。她很瘦，穿一件V領洋裝，一格格洗衣板的前胸，細得能一把折斷牙籤似的手和腳。

「你找誰？」

「我，我可以進去看看嗎？」

看看？這又不是歷史建築，不過是瞳瞳的朋友借給她的房子，過兩年要拆掉的。

「可以嗎？」

「你想做什麼？」我知道不能放她進去，來意不明，而且，瞳瞳不會喜歡這麼瘦的人。

「我只是想進去看看……」女人可憐兮兮地求著。

「你要看什麼？」瞳瞳出現了，擺出大姊的模樣。

「這位姊，我在這個房子裡長大的，最近才回來，很想看看。」

瞳瞳盯著這個人。她是不是看穿這女人的底細了？

她招手，「進來吧，想看就看。」

這女人一進來就熟門熟路，看看院子，搖頭，走進屋子裡，東張西望，像在找尋過去的痕跡。

「變了，變了很多。」

既然進了門，瞳瞳就拿出招待客人的神氣。「喝點什麼？」

這個女人說可以喝點涼水，走了一段路過來的，這裡的路還是那麼坑坑疤疤的。

「公交車已經到了路口，去城裡方便的。」

「是啊，我在路口下車，走進來，不敢撳門鈴，又走回去，這樣來來回回，走了好幾趟。是不是特別傻？」

瞳瞳看著她，不說是或不是。

「我常夢見這個房子，我在這裡長大的。」女人講話有點喘，好像很激動，「謝謝你們讓我進來，我知道這樣很冒失，但是，很多東西都不在了，變得太快，既然它還在，我就想來看看。」

「你就看吧。」瞳瞳說。

「我姓陸，叫我小陸好了，真是謝謝你們。」

小陸把水喝光了，我又給她倒了一杯。

「要下雨了。」我說。「氣象說今晚有暴雨。」

「啊，我可以去二樓看一眼嗎？看看我的房間？看完我就走。」

瞳瞳聳聳肩。

我帶小陸上樓，她一上樓就直奔那個小房間。房間就是那麼小，她看看這個看看那個，不知道在看什麼，可能在看她記憶裡的東西吧？我想到自己以前的房間。媽媽給我布置了水藍色的窗簾，粉紅色的床單蕾絲床罩，小豬抱枕，我的座椅有粉紅色的軟墊，桌上都是爸爸從各地給我帶回來的小玩藝，我最愛那個奧地利的音樂盒，銅金色的發條旋緊後，它就響起《天鵝湖》，芭蕾舞女踮著腳尖，一腳懸空轉圈子……

小陸手搭在骯髒的窗台上，往外看。這裡的房子疏疏落落，平房或是像我們這樣兩層樓高的紅磚房，家家都有小庭院。從這個朝北的窗子，可以一直看到遠處那條河，河上有時會走著貨船。河水渾濁，連魚都沒有。如果風向不對，會飄來一股惡臭。

天色更暗了，已經在飄雨。

「雨會潑進來的。」她使勁掰窗戶，單手，雙手，發出哼哼的使勁聲。

「卡住了。」我說。

她放棄了，又看著窗外。

「你在看什麼？」

「那裡，」她用手指著，「那裡，曾經有一間平房。」

「是嗎？」我看一眼，半人高的野草間依稀有半片房舍，一堵斷牆。

「以前那裡住了個女孩，黃昏的時候她總是爬到屋頂上坐，我在窗邊看著她，互相招手。我們每天都在窗邊打招呼，可是在外頭遇見了，卻從不說話。她的爸媽都在外地打工，家裡有個奶奶……」

「雨要下大了。」

「嗯，走吧。」

小陸借了把傘，心事重重走進雨中。

被小陸一攪亂，我根本忘了爐上的咖哩雞，湯汁都燒乾了。我再倒一些水進去，匆匆加了咖哩醬，顧不上辣或不辣。這時豆哥回來了，帶了一個沒見過的男孩，看著跟我差不多年紀。兩個人頭髮黑潮潮的，脫掉的鞋子上全是泥。

「什麼東西燒焦了？」他誇張地四處嗅了一下，「嗯，我最喜歡吃燒焦的東西，特別香。」

豆哥顯然心情極佳。照平時，他應該會拒絕吃這頓晚飯。他把我拉過去介紹給他的新朋友，「這是小妹，他是馬克。」

我們四個人坐下來吃咖哩雞飯。咖哩雞裡有焦黑的洋蔥，湯汁太稀，他們吃得不多，只是喝酒抽菸。外頭的雨聲時大時小，像一個發脾氣的人，一會兒委屈訴苦，一會兒呼天搶地。突然間，雨聲嘩嘩從四面八方炸起，還颳起狂風，窗子格格作響。我想院子一定積水了，瞳瞳的菜園淹掉了。豆哥一腳把內門踢上。

「豆哥，你可以把小房間的窗戶關上嗎？」

豆哥不理我，他一隻手摟著馬克，馬克在滑手機。瞳瞳開始笑起來了。我分不清自己是想笑還是想哭，今天是我的生日。

過生日時，媽媽總會煮一鍋咖哩雞。她會做義大利麵、紅酒牛肉、蒜烤羊排、西班牙焗飯、日本壽司各種料理，但只有咖哩飯一吃進肚子，身子會熱烘烘的，打從心裡感到溫暖愜意。我有三年沒吃咖哩飯了。

當我睜開眼睛時，室內大亮，外頭陽光普照。我的房間有扇朝東的大窗，如果一夜沒睡，可以看到旭日從遠處樹林慢慢現身，閉上眼睛，光影在眼前跳動，再睜開時，它已經神氣活現在半空中。這時，我可以安心睡覺了，有時睡到中午才起。

一年前搬進來時，房間裡油漆大片剝落，天花板和地板有可疑的漬跡，還有長蜈蚣和大蜘蛛。我曾是個看到什麼蟲都要尖叫的女孩，但我只是安靜地看著牠們，牠們不再能觸發噁心恐懼的反應機制，就像媽媽說的，生了孩子之後，女人就不那麼怕痛了。但我還是把那張彈簧突出中央凹陷發臭的床墊，換成了軟硬適中的席夢思。新床墊送來時，瞳瞳看了我一眼。我知道我破壞了我們之間無言的默契，那個默契在她同意我搬進來時就建立了：我將百分之百接受這房子的一切，不管它跟我原來的生活空間有多麼不同。我沒跟瞳瞳說的是，沉入夢鄉時，我回到了過去的我，而那個我是睡不慣這張舊床墊的。

很神奇地，沒有人睡倒在客廳，地上也沒有嘔吐穢物。桌上當然是杯盤狼藉，還有隔夜的焦味和酒臭。我把窗戶打開，暴雨後的空氣那麼清新。難道必須忍受風雨，才會有這樣的陽光和清風？這太虐了。「天地不仁」，爸爸曾經說過，當他讀著世界各地的天災人禍時，「以萬物為芻狗」。打開內門，院子裡的水退了，到處是汙泥垃圾，蚯蚓在地上亂爬，牆上釘著一個個蝸牛，伸長頭上的觸角像在偵測傳遞情報。這時有人推門進來。

「是你？」

「哎，我想敲門的，門沒關。」

昨天沒人記得鎖門，那樣的暴雨。

「我來還傘。」

我接過那把傘，傘葉整整齊齊束起。

「給你們帶了包子。早餐吃了嗎？」她晃晃手裡的塑膠袋。

「進來坐吧。」

她一進屋就倒抽一口氣，屋裡像打過戰一樣。我沒多作解釋，動手收拾桌子。瞳瞳下樓來了，她宿醉頭痛一張臭臉，看到小陸一點也不驚訝，打開冰箱又關上。

「瞳瞳姊，要不要吃包子？」

「不吃，記得買可樂。」

我說好，雖然這個月的錢花得差不多了。我幫大家添了個新炒鍋，換掉發霉的砧板和筷子，付了修洗衣機的錢。

瞳瞳沒錢。她在城裡一個美容美體中心上班，本來是美甲師，老闆讓她上培訓班學紋眉和紋眼線，還學給人打美容針。她自己也打，員工價。她嫌小腿粗，打了去肌肉的針，走路容易累；嫌臉大，打了消咬肌的針，咬硬東西變得費力。臉上埋了線，說可以提拉臉部線條。美白針和水光針，每隔一段時日就要打，維持效果。她現在跟我第一次見到時很不一樣，新整出來的臉皮緊緊繃在骨架上，像日光燈般白得發亮，我想到服飾店裡光頭的假人，它們的皮膚沒有毛細孔。最近她一直在為體重發愁。她已經換了一張臉，也許有一天會想換身體。

可以嗎？換個身體活下去，就像寄居蟹換殼。

瞳瞳常遊說豆哥做項目。豆哥也愛美，總是幻想著瘦扁的身軀能有兩球臂肌和八塊腹肌，他一年四季反戴棒球帽，連帽或寬大的長恤衫低腰褲，只穿好球鞋，還讓瞳瞳給做了韓式半永久紋眉。瞳瞳或豆哥出門時，幾無例外都會精心打扮。走在城中心繁華的馬路上，沒有人會猜到，他們口袋空空，卡上有債，晚上睡在爛床墊上。

瞳瞳沒有遊說我做任何項目。現在的我就跟鬼一樣，你怎麼要求一個鬼愛美、追求美？你得讓它先變回人。但是她知道每個月我的銀行卡上會轉進來一筆錢，這是城裡那套公寓的租金。賠償金什麼的，奶奶保管著，我靠這租金活了下來。我無所謂，真的，當初哪想得到三年後我還給自己做了一鍋咖哩雞。

我回到廚房時，瞳瞳宣布我們有了新室友。

小陸搬進那個小房間。她搬來幾口箱子，神祕兮兮成天躲在房裡，出來一定把房門關上。我以為她收拾好就會邀請我們參觀，但她提都不提。

小陸會做飯，這讓豆哥十分滿意。週六還是我負責買菜，小陸掌廚。我們吃著喝著，傳著手機上讀到的段子，分享逗趣的視頻，我們侃什麼東西好吃，什麼地方好玩。我們不問別人給瞳瞳多少房租，或用什麼其他方式付房租，不問在哪裡打工，為什麼這陣子不用工作。我們很少談家庭，不說自己為什麼在這裡，但是總會有些蛛絲馬跡，總能找到線索。

我們抱團取暖，那暖意不是從別人的安慰裡來，是從苦難。你需要確認自己不是最倒楣的那個，最沒有愛的那個，最底層的那個。每當週六的晚餐結束，那通常都到了晚上十一、二點，我們步履搖晃近乎虛脫走回自己的房間，倒在床上，嘔出食物和酒的酸味，嘴唇焦裂身上帶著汗臭，我們對自己說，還有人比我們更可憐。我們太需要別人的厄運、意外和悲劇，在其中，我們真心地流淚。

瞳瞳告訴小陸，小妹最好笑了，天再冷，她在屋裡也不穿外套，吃水果要削皮切塊，放在盤子裡……豆哥說，小妹坐在那裡的樣子，好像等著我們給她上菜倒茶……小陸也說，有時候半夜我聽到有人在嚎叫，像鬼或狼人那樣……

我一直不知道還有別的世界，當我的世界裡有爸爸媽媽、老師和同學、波斯貓悠悠、鋼琴和芭蕾。爸爸要我將來出國讀書，媽媽要我成為一位淑女。在人生天平上，我曾經比他們幸福太多，所以此刻我直墜萬丈深淵……

等我回過神來，瞳瞳和豆哥正在說，錢是世上最好的東西，它可以讓你得到想要的一切，包括新的臉或身體，包括愛人。我不同意。我說本來我有親人，意外理賠金把我從這個家踢出來了。

「那種家有什麼好留戀？」豆哥不屑地說。豆哥家裡的人已經當他死了。他常在網吧和夜店徘徊，常換工作，勤換愛人。

金錢真是個方便的理由，人人都能接受，它比感情簡單多了。我沒說的是，金錢的確製造了矛盾，但是大伯曾經要我搬去同住，繼續上學，奶奶曾經到處求偏方，要把我變回原樣。親人憐惜我，因為我是血親，他們也厭憎我，因為我是重擔。他們一直要我忘掉，要我勇敢，可是我站在他們面前，臉上血淋淋刻著「悲劇」二字，害得他們也忘不掉。

如果能忘記，誰願意想起呢？日子過著過著，就過去了。除非，你自己就是那個要被遺忘的悲劇。

「這真的是你的舊家？」瞳瞳突然問小陸，瞪著眼睛，大小眼睛的眼神殊異，就像一對異卵雙胞胎。

小陸點點頭。她已經搬進來兩個月了，我們還是不清楚她的底細。但是她不開口，我們就不問。

這一帶比從前破敗許多，鄰鎮因為有名人故居發展起旅遊業，更顯此地的蕭條，居民逐漸搬走，留下破房子，住進收破爛的、野貓野狗和來歷不明的人。

我們每個人都有童年，都有那麼一間房子是夢裡常出現的，但有多少人會刻意回去住呢？你應該已經往前行去了，學業、工作、伴侶，屬於不同階段的人事物，拉著你往某個方向而去。即使這是小陸的舊家，她也不應該在這裡。

小陸的人中抽搐了幾下，很細微，但我看到了。我殷切望著她，準備好擁抱她心碎的過去，寄望她可以取代我在底層的位置。

我接管了瞳瞳的菜園。拔掉雜草，尋找香草，什麼都沒找到。我鬆土，埋下市場買來的種籽，澆水，弄得一身泥。

「應該春天種的。」瞳瞳出門時丟下這句話，「長不出來的。」

寒露之後，迎來霜降，聞到陣陣桂花香。我抬頭看，天空是灰藍色的，白雲如絮，風吹在身上微寒，二樓有扇窗敞開著，那扇窗卡住了。

小陸在門上加了鎖。只要她出門，房間都是鎖上的。但是，當她在樓下做飯或上廁所時，那鎖頭只是輕輕搭上，沒有插實。

我輕輕撥開鎖頭，像鬼一樣飄進房裡。

房間裡幾乎沒有落腳的地方，家具以外的空間都被紙箱占滿。小桌上擺著鏡子保養品紙巾筆記本各種雜物，床上堆滿換下來的衣物，有個硬紙箱倒過來當工作檯，上頭放著布塊、紙頭、泡棉、針線、剪刀，亂七八糟的東西。我已經注意到了，許多打扮體面光鮮的人，是從雜亂不堪的地方走出去的。小陸的房間亂到有種令人窒息的壓迫感。但是這房間在空的時候，也讓人不舒服。瞳瞳說，那是因為這裡死過人。

我準備離開，突然看到床上衣物中，有雙眼睛看著我。那雙眼睛一大一小，我心頭一顫。

雖然小陸有可能隨時出現在門口，我還是俯身撥開衣物，揪出那個盯著我看的布娃娃。娃娃的一個眼睛又圓又大，一個眼睛只有一條縫，流下一滴黑色的淚珠，鼻孔朝天，表情詭異，蕾絲連衣裙下的身體塞滿泡棉，臃腫不堪。

小陸為什麼要把這個娃娃變成瞳瞳的模樣？她的病態真讓人作嘔。我從衣物堆裡翻出另一個娃娃，這是一個模樣清秀的男孩，長恤衫一截塞進褲腰，塗著兩道粗眉，反戴棒球帽。我的心怦怦直跳，在衣物堆裡翻找，卻怎麼也找不到。打開堆在地上的紙箱，竟然每一箱都是娃娃，自製粗糙的布娃娃或經過加工的現成娃娃，材質不同表情各異。我感到一種極度的噁心和恐懼，正想奪門而出時，跟她打了照面。

她就掛在門後，穿著白色小禮服的芭比，長度及腰的金髮，白膚高鼻，豐胸細腰，藍色的大眼睛下塗著黑眼圈，左眼到左耳之間，紅色馬克筆畫了一條蜈蚣般的傷疤。

我的眼淚奪眶而出。

門開了，我看到小陸，就像看到女巫，不知她每天對這些娃娃施什麼妖術。她伸手拉我，把我拉出房，拉到樓下，坐在餐桌前。爐上有鍋桂花酒釀圓子，她大概是去叫我下樓吃圓子的。

她盛了一碗放我面前，說今天她想起奶奶了。她的奶奶過世的前兩天還在做桂花糕，準備過重陽節。小時候過節，別人家都是團圓的，只有她們家冷冷清清，但是奶奶每個節都過得很認真，所有節日過完，一年就過去了。

「小妹，你們過中元節嗎？」

「我們過萬聖節，西洋的鬼節，每一年，我媽媽會幫我打扮，我扮過小仙女，扮過老巫婆，扮過老虎和蜜蜂，各種造型。」

「還是中元節有意思。」

小陸的奶奶教她用紙摺荷花燈，當中插燭，放到河上。奶奶說，把死去親人的名字和祝禱寫在燈上，水燈能穿越陰陽之界傳訊給親人。水燈漂得愈遠，這一年的運氣愈好，因為水鬼幫你托著燈，討鬼喜歡的人，不會有厄運。小陸的荷花燈卻總是一下水就翻覆，或是被水草絆住，在原地打轉。

鬼都不喜歡的小陸，有一天在路上撿到一個洋娃娃，娃娃衣服破爛，眼鼻壞損，就像失魂落魄的她。她把娃娃抱在懷裡，就像有人抱住了她，感到了一絲暖意。

「我沒有朋友，但是我有娃娃，我買娃娃，自己縫娃娃，把它們變成那些跟我擦肩而過的人……」她說，「我愛它們，它們也愛我，我哭的時候，最愛我的娃娃也陪著流眼淚，真的，我沒騙你。」

我低頭吃圓子。小陸的腦子是不是有點不正常？

「我是騙了你們。」她喘著氣說，「這其實是那個女孩的家，我總是在屋頂上對她招手，她的爸爸是數學老師，媽媽是語文老師，她文文靜靜很有禮貌，就是那種很有教養的女孩。」

「那時這棟紅磚房，每扇窗都飄著米白色的窗簾，院子裡種了五顏六色的花草，一棵九重葛，開滿紫色的花。他們還養了一隻長毛狗，在院子裡跑來跑去汪汪叫，兩隻耳朵翻到腦後，樣子很滑稽，他們叫牠易兒。他們是我見過最幸福的一家。」

有一天放學，小陸和女孩在路上碰見了，彼此沒說一句話，卻默默一起向前走，走到了河邊。那時河水還是清澈的，小陸脫了鞋襪把腳泡進河裡，女孩卻離河三步遠，說爸媽不讓她靠近水。小陸腳尖一下一下踢著水花，五指在身邊溼潤的小草裡穿掠，它們有種難言的沁人香氣，那女孩只是在旁看著。小陸把她拉過來，看兩人在水裡搖晃的倒影。她們都穿著校服，梳著辮子，身高一般無二。就在那一刻，有個聲音告訴小陸：如果這女孩死了，你就可以變成她。

換一張臉，換一個身體，換一種人生。

「她臉上總是帶著微笑，眼神很柔和，我知道那是因為沒有人咒罵她，沒有人打她踢她，沒有人說她是個討債鬼，當初不該生下她。」

「她很喜歡跟我一起站在河邊，看水裡的魚和蝌蚪，有時會有長腳的白鷺飛來，還有小粉蝶和蜻蜓。我牽著她的手，她的手很小很軟，像奶奶做的小饅頭。我真的很喜歡她，喜歡到很想變成她。」

我推開空碗。眼前是個殺人犯嗎？「她死了嗎？」

「死了。」

小陸有一段時日沒見到女孩，她的窗緊閉。有一天，一輛小貨車開進來，從屋子裡搬出許多家具。這家人搬走了，不知去向。奶奶說那個女孩突然生重病死了。他們把狗也丟下了。易兒一直垂著尾巴在附近徘徊，嗚嗚哭著找主人，小陸把自己的飯餵牠，可是奶奶不讓她養，有一天，牠也不見了……

小陸閉上眼睛，彷彿那痛心的一幕又重現。

「她不是因你而死的，人各有命，這是她的命。」我竟然把奶奶開解我的話，說給小陸聽。這些話是那麼老生常談，可是不歸於命，又該怎麼看待這些莫名其妙的厄運？

小陸看著我，似乎想問什麼，但她只是給自己也盛了一碗圓子。

週六的晚餐，小陸做了炒飯，有火腿丁、青椒塊、胡蘿蔔丁和蛋花，顏色挺好看。她還弄了一個豬骨熬的小火鍋，擺了魚丸蝦餃筍片豆皮和大蘿蔔，加了一包韓國泡菜一起煮，熱呼呼紅通通上了桌。豆哥沒帶朋友來，悶頭吃了一會兒，把外衣脫了，左臂上飛起一群大大小小的蝙蝠刺青。小陸會把這群蝙蝠記錄下來嗎？

「哎，我說，各位，親愛的。」瞳瞳一開口，我才發現她今天話很少，「我宣布一件事，年底前，大家要各自找地方了。」

瞳瞳說，地產商的開發計畫終於批下來，那條臭死人的河要疏濬，搭建河邊步道，這裡要建水景高層公寓。城裡的房價高，驕傲的城裡人開始往外搬，事實上，他們早就開始往外搬，這裡有車直接進城，將來還會有接駁車……

「反正我們得滾蛋了。」瞳瞳作結。

我們都不吭聲。

幫小陸收拾好廚房，我跟著她上樓，很有默契地進了她的房間。大小眼娃娃換了一件墨綠色絲絨裙，更添神祕，男孩拿掉帽子繫條花頭巾，顯得很神氣，長疤芭比則帶著天生的優雅立在床頭，穿一件粉紅色睡袍。我隨手拿起一個做到一半的娃娃，一隻手臂已被縫上那光禿禿的身體。

小陸坐在床上，隨手抱芭比入懷，撫摸那柔順光亮的金髮。一個成人抱著芭比娃娃，看起來有點怪，何況那娃，那娃……

我衝口而出：「他們，也被縫起來的。」手臂縫上，小腿縫上，頭頸和身體。

小陸沒追問，只是溫柔地撫愛著懷裡的娃娃。

我默默看著，倦意逐漸湧上，索性坐倒在地，頭靠著床鋪，閉上眼睛。不知過了多久，一陣冷風讓我打了個哆嗦，我坐直了，問小陸：「你有什麼打算？」

「我流浪慣了，離開這裡，就去別的什麼地方吧。你還有沒有家？不回家嗎？」

回家？沒想過。難道我真的不繼續讀書，不取回屬於我的東西，不回到我原來的世界？

「萬聖節就要到了，」我突然有個主意，「我們一起過萬聖節吧！」

中元節是關於超渡祭祀，關於活人怎麼討好死人，而萬聖節是關於怎麼面對恐懼。我們扮成可怕的吸血鬼和巫婆，眼珠凸出滿臉鮮血或根本就是骷髏，我們驚嚇別人，只是為了好玩。如果你能拿它來開玩笑，你就不可能真的很害怕，或者說，如果你能笑，你就不會那麼害怕。

小陸說她不知道該怎麼過萬聖節，我說她天生就有讓人起雞皮疙瘩的本領。

十月的最後一天晚上，天上疏疏落落幾顆星子，月光就像霧一樣冷而溼。我們以小陸舊家的斷垣殘壁作舞台，娃娃有的騎在傾頹的牆頭，有的藏身草叢，有的從石縫間露出白臉。孤傲的長疤芭比，一點也不用化妝就妥妥地融入，她端著架子坐在只有窗框沒有玻璃的窗邊。

對這一切，豆哥吐舌頭扮鬼臉，瞳瞳掛著一絲莫測高深的微笑，我則充滿了辦家家的歡喜。最興奮的是小陸，她蒼黃的臉上浮著紅暈，時不時要做個深呼吸。她懷裡緊抱著一個梳長辮子穿白衣藍裙的洋娃娃，大而圓的眼睛，深深的眼眶裡蓄著黃色的鏽水，臉蛋手臂和腳掌都因為長年的撫摸磨損了。小陸最後把這娃娃也放到了窗台上，跟芭比並排。

我們的手機亮起電筒，四處亂照，光影中，那些娃娃的表情更加詭異，帶著幾絲邪氣，尤其當我們把強光直接打在它們臉上時。豆哥講起看過的一部電影，裡頭的娃娃被邪靈附身，情節非常恐怖，他邊講邊演，我不時啊啊地尖叫，雖然這一切是我的主意。瞳瞳把一個紅燈籠掛上門楣，魅魅的紅光搖曳，四周顯得更加陰氣森森。我於是把手機電筒對準下巴，翻眼吐舌頭，臉上長蟲似的疤像在蠕動……他們三人都倒抽一口冷氣，看到他們被嚇到的模樣，我爆出一聲尖笑，大家笑成一團，過節的氣氛於此達到最高潮！

鬧了好一會兒，豆哥的口哨吹不動了，之前他強調晚上吹口哨會招鬼的，瞳瞳取下燈籠，我們把娃娃收集好，放進袋裡。小陸從口袋裡掏出四朵紙摺的荷花，「放水燈去吧！」

放水燈？我們互看一眼，覺得也無不可，甚至，覺得很妙。

瞳瞳提著紅燈籠引路，在地上投下環射出去的光圈，其他人用手機電筒照路，摸著到了河邊。深秋的河水不那麼臭，也沒有蚊蟲，黑色的水面上有一條條幽幽晃動的光影。小陸的荷花沒有插蠟燭，我們一人拿一個，小心翼翼踩著雜草靠近水邊，考量著從哪裡放我們的荷花，好讓它穩穩地浮在水面上，漂得愈遠愈好。

「一起放吧！」瞳瞳一聲令下，大家把荷花輕輕丟到水裡，手電筒的光緊緊跟著自己的花。

四朵花都安然落在水面，但每一朵都搖搖晃晃，隨時就要沉沒，有的向前漂去，有的原地打轉。一陣風來，四朵花又聚在了一起，分不清哪朵是誰的了。快呀，往前去啊，我在心裡喊著。

有朵花往岸邊靠近，被浮萍菖蒲或什麼植物給絆住了。大家把光都打在這朵花上，只見它動彈不得，待會兒紙泡爛了，就只能沉沒。

是誰的花呢？沒有人知道，也沒有人問。這時，我們只想這朵花趕緊往前漂。

「走吧，走吧！」向來冷靜的瞳瞳也喊了出來。

這時那花旋了一下，竟然脫身而出，開始一晃一晃往前去。大家一陣歡呼。其他的花，這時早已不知去向。大家舉著手電筒在水面上照來照去，什麼都沒有，遠處只有漆黑，最後這朵花也不見了。

好一會兒，我們只是看著這條黑色的河，感覺它在夜霧裡吞吐著什麼。吞吐著蓋了油布的貨輪，吞吐著水裡的魚、岸邊的草，吞吐著小陸和女孩拉著手的倒影，生生死死的殘骸餘溫和歎息，晝夜不捨吞吐著，一百年兩百年，或更久。

河水吞吐著，四朵花也許已經沉到河底，這是它們的宿命。但是此刻，我彷彿也有了陰陽眼，看到現實也看到夢境，看到過去也看到未來，看到娃娃們飛起飄在半空中，看到爸媽在半空中凝望著我，看到四朵荷花被水鬼托著一晃一晃向前，順著河水往下，朝它們想去的地方，前進。

折頸之歌

三個月，她要請三個月假，年後開始。

汪美霖在趙總辦公室，把核磁共振成像的片子攤在桌上，頸椎一節節灰黑相間如雲梯，一級級崎嶇而下。那片子暴露了汪美霖皮肉包裹的內在，比赤裸更赤裸，是那種直面肉身必死的一無遮掩。看到了對方的骨架，不能不想到眼前人將會是一堆白骨。汪美霖讓趙總看這片子，真的是豁出去了，因為作為一個即將半百的女人，她最不願意的就是提醒眼前的男人，在她溫暖豐腴的肉身裡，藏著這麼一副森森白骨，雖然只要是人就是在骨架外穿了皮肉，再美的男女也是骷髏。

趙總搓著下巴的鬍渣不吭聲，眼前的片子，他看不懂，也不想看。汪美霖識趣自己說了，片子顯示第五和第六節頸骨退化變形，嚴重後弓，導致她頭暈胸悶，一累就想吐，現在兩隻手臂總是發麻，不方便在電腦裡敲那些進出貨單。上個月有天早上從床上起來，咚一聲就倒在地上，幸好黃修還沒出門。醫生說了，她必須長時間仰臥靜養和復健，否則只有開刀一途。趙總本來皺著眉頭，像是隨時要打斷汪美霖，讓她不要小題大作，年後冬鞋甩賣春鞋上市，哪有人在旺季請這麼長的假？但是一聽說開刀，便抬起低垂的眼皮。他的姑父頸椎病開刀，之後只能坐輪椅，成了廢人，這事老同事都知道，而汪美霖更掌握了所有的細節：哪家醫院哪個醫生，醫藥費多少和怎麼復健……趙總跟她訴過苦，窮親戚都指望他掏錢。

趙總，她私下還是喊他的全名趙斌，他們是在聖倫嵐女鞋認識的，趙斌比她小六歲，那時是個唇紅齒白的小夥子，見人就笑，十分殷勤，管她叫汪姊。幾年後，趙斌成了她的領導，很快就發胖了，鞋碼都大了一號。鞋店的生意愈來愈難做，顧客到店裡試穿，在網上下單，網店和顧客都實惠，實體店叫苦連天。趙斌看苗頭不對，找朋友投資開網上鞋店B&J，把熟悉賣鞋業務的汪姊挖走，重點放在了淘寶的網店，僱用年輕人，專攻城市通勤這一塊，標榜舒適和時尚。汪美霖的資格老，趙斌也禮遇她，但是她能使得出力的地方愈來愈少。時代瞬息萬變，年輕人互聯網玩得轉，促銷點子多，又抓得到上班族的小資品味，她原地踏步，在公司就是個老人，跟老闆有革命情感，業務上卻是可有可無。

汪美霖的頸椎病，嚷了多少年，沒想到突然這麼嚴重，到了要開刀的程度。趙斌同意留職停薪，還給了額外補助。汪美霖不意外，也沒特別表示感謝，說這些太見外。這些年她待得並不開心，一直沒走，不就是念著跟他的情誼嗎？不需照鏡子，只要看趙斌的改變，他的眼睛怎麼從黑白分明晶亮有神到黃濁失焦滿布血絲，白淨的臉蛋怎麼浮腫如發好的麵團灑著黑芝麻般的鬍渣，豐厚的頭髮怎麼變成現在南水北調、地方支持中央的稀疏油膩，她就知曉自己離青春已經多遠了。

今天是休假的第二個週末。女兒離家後，週末她往往睡到自然醒，醒了還要在床上躺著，腦裡轉著各種實際和不實際的念頭。早餐一成不變煮鍋麥片粥，煎蛋，醬菜。吃了早餐，黃修去工人文化宮跟一幫老友打乒乓，她出去逛逛街，買買東西，跟朋友吃飯。兩人要到晚上才會再見，有時晚餐也不一起吃。週日，各自去看住在同城的父母，或處理必須處理的事。就這樣過了好多年。

休假後每天都能睡到自然醒，黃修在家霸著唯一的廁所，提醒她今天是週末。夫婦倆手頭有點錢，但是這點錢不夠置換更大的房子。還要多大？就我們兩個，兩間房，一間衛浴，嫌不夠？黃修的文化比她高，說起理來一套一套。有錢也不能就花掉，萬一女兒要用，萬一我們誰生病，萬一老人怎麼了……

呸呸呸！

換房子的念頭，曾經盤據她的心頭多年，一想起來就心煩，不知有多少個週末寶貴的賴床時間，在這個念頭上浪費掉了。但是今天汪美霖心頭盤據的不是這個。

「吳雙走了！」她喊出來，聲音發顫。

「誰？」

「吳雙。你還不出來？」

汪美霖走到廁所門口，昏黃的燈，毛玻璃門後，一團黑影，是她結縭二十幾年的男人。她舉手想敲門，卻聞到一絲酸筍般的臭味從門縫飄出，彷彿黃修在發出警告：閒人勿近。有啥好說？黃修估計不記得。雖然見過幾次面，但吳雙是她的朋友。

黃修低頭坐在那裡，肯定在滑手機。以前蹲廁所是看報，現在滑手機。做什麼事都離不開手機，一年難得幾次在床上，他也不時瞄一眼手機。那廁所就是他的避風港，躲進去，門一關，加上臭味，誰也不會去打擾，不管是她汪美霖，女兒黃佳佳，還是愛貓汪咪咪。咪咪是她抱回來的，從了母姓。他們一家習慣連名帶姓喊人，點名似的，去了姓，單喊名，雙方都覺得肉麻。

隨著年紀漸長，黃修蹲廁所的時間愈來愈長。一度，那時汪美霖還是在意他的，吵著要他去檢查，網上說，如廁習慣改變，有可能是直腸癌。黃修當然不肯。後來，他在廁所裡一蹲半小時，有時一天要蹲兩三次，她也不吭聲了。

她又揚聲叫：「喂，你記得在聖倫嵐跟我同個辦公室那個吳雙？趙斌結婚請酒時跟我坐一起的，你說嚇瘦的那個？」

「那次你喝醉了嘛！」

「是吳雙，她喝多了，你記得她？」

「就是那個離婚的……」

「對對對，就是她。」

「她怎麼了，再婚了？」

「再婚你個頭，她都幾歲了，四十四、四十五了。」汪美霖皺眉頭，現在這些都不重要了，「她走了。」

「走了？」黃修身體終於動了一下，她想像老公轉頭看她，不，看著門外的老婆，那也是一團模糊的影子。「癌？」

這年頭，都是癌。這個肺癌，那個乳癌。她想是不是該叫黃修去檢查？他都快退休了。

「不知道，今天有同事發到群裡。」喝喜酒到現在也好幾年了，不知在忙什麼，一直沒見面，前年過年那時找她出來，沒見成。「我要問問趙斌，看什麼時候，大家組織一下……」汪美霖話說得很含糊，像在說組織慶生會員工表揚大會年會之類的。

「病了多久？」

「誰曉得，喝喜酒那時是瘦，以前她身體比誰都好，天天晨練，倉庫的事都是她在幫忙。」她一直懷疑自己的頸椎就是年輕時候搬重物上上下下落下的病根。

「你不要去……」

「現在不用去什麼倉庫了，晚上你回來吃嗎？」

她沒等黃修回答，抽身就走。跟老同學約了喝早茶，十點半在品軒茶樓，那裡週末十一點前買單，點心五折。她們總是一去就把要吃的幾樣點心點齊了，趕在十一點前買單。現在有點晚了，週末公交車班次少。她已經穿戴好，黑毛褲，黑毛衣，翻領上鑲了亮晶晶的紅玫瑰，外罩一件鵝黃色羽絨短外套，絕不可受涼的頸脖上是藍綠相間的絲巾。她這幾年穿著打扮越發鮮豔了。染黑的短髮燙得很捲，頭頂心的髮根灰白，失去稜角的臉上塗了脂粉口紅，兩道柳葉眉和眼線是紋的，有種虛張聲勢的精明，這還是當年跟吳雙一道去的。一家韓式紋眉店，兩個人手挽手像女學生般吱吱喳喳進店去，紋眉師傅給她們紋了一式一樣的眉形，保證不褪不變，結果幾年後都變成了紅棕色。

吳雙進聖倫嵐時二十五歲，她二十九，兩個人特別投緣，中午帶了盒飯在辦公室吃，無話不說。她指點吳雙怎麼燉紅燒肉煲雞湯，吳雙聊媽媽安排的尷尬相親。等她開始憂心女兒的學習時，吳雙和在電信公司任職的小王在一起了。吳雙結婚後，兩個女人的生活合流了，一起抱怨老公的懶惰和不體貼，老人的難相處和病痛，工資和獎金那麼少，錢永遠不夠用……總之，生活可以加諸於女人的磨難。同事十年，直到她隨趙斌離職，吳雙留下。

吳雙，走了……這麼年輕，比她還小幾歲。

汪美霖換鞋子，及踝的咖啡色小牛皮短靴，拉鍊上兩個金星，走路時一晃一晃。「咪咪呢？」她想到早上起來到現在，沒見到咪咪。天氣冷，又躲哪裡去了。咪咪也老了。

「汪咪咪！」她叫喚。出門前習慣要摸摸咪咪，讓牠知道媽媽不是一去就不回了。

你不要去。黃修剛才這麼對她說。她在B&J早就不管庫存了，他說的應該不是這個。是讓她不要去幫吳雙搞治喪的事？本來也輪不到她，可是吳雙離婚以後，一直是一個人。她過世的消息不知誰傳來的，說是今天清晨。她記得吳雙喜歡早起，上班前在小區裡晨練。

她打開進門處的衣櫃，這裡掛著冬天的厚外套，夏天的雨傘和遮陽帽，捨不得丟的舊鞋，黃修的乒乓球拍，黃佳佳的呼拉圈和跳繩，擠得滿滿當當，天知道還藏了什麼陳年的物事。這個家但凡有點空隙的地方，都塞滿了雜物。暖腳墊一兩個冬天後就壞，她捨不得丟，把裡頭的加熱電線抽掉，外墊洗淨。幾年下來，竟然積了一堆，現在這堆墊子上頭，趴著愛貓咪咪。

跟黃修說了多少遍：衣櫃的門要關緊，別讓咪咪跑進去，看咪咪抓壞你的外套！黃修最寶貝外套，不同季節各種講究，也不知道到底有多少件。她故意這麼說，希望他能上心。她不喜歡咪咪獨自臥在一個黑漆漆密閉的空間。

她把咪咪抱出來，貓咪又軟又暖貼在懷裡，熨貼舒服得不得了。但是她立即把咪咪放下，因為約會來不及了。她就是這樣過日子的，把感覺壓下，該幹啥就幹啥。如果此刻再多留戀一分鐘懷裡可愛溫暖的生命，再去憐惜牠的無助和老病，吳雙的事情便會無所阻擋鋪天蓋地而來。她已經察覺許多跟吳雙相關的記憶，那些整齊收納打包一盒盒的記憶，正在蠢蠢欲動，一不留意就會突然從架上跌落，盒體碎裂，紛亂嗆鼻的記憶塵灰如大蓬的乾冰將她籠罩，像電視上懲罰嘉賓答錯題那樣，讓她瞬間充滿迷失方向的恐懼。

呸呸呸！她朝樓梯間吐口水，去掉心頭的陰影和不祥的念頭，甩著發麻的手臂快步下樓去。

茶樓在南城區的百貨商場裡，這裡曾是最熱鬧時髦的購物商場，旁邊還有商務酒店。現在許多店面都關掉了，剩餘的也都貼著清倉的折扣紅條，只有幾間老字號的餐飲人氣依舊，但是關門也是遲早的事，誰喜歡到周圍敗落的地方用餐呢？這家茶樓港式點心做得很地道，又或者說很合當地人的口味。飲茶曾經盛極一時，現在不及火鍋店和烤魚館了，重味麻辣，把所有舌頭都收編了。餐飲流行就跟女鞋款式一樣，高跟低跟坡跟松糕船鞋尖頭圓頭包腳露趾，一季有一季的流行，但有些人永遠穿同一種款式，同一種高度，甚至連顏色也一樣。

汪美霖一進茶樓，就見到老同學在卡座裡對她招手。兩兩對坐，這是她們最喜歡的座位，有點回到學生時代的感覺。吳麗敏、劉怡、陳桂英早就點了一桌，她最愛的鳳爪和蝦餃也上桌了。班長吳麗敏先說了，今天是慶祝她開始休假，辛苦這麼多年，也只有生產時休過長假。她們你一句我一句：別說你這頸椎病了，誰身上沒個病痛，陳桂英的關節炎，手腫得大兩號的手套也塞不進去，人家不也照常上班……吳麗敏高血壓和青光眼……劉怡支氣管炎又做了子宮切除……你就是手麻脖子僵，有什麼大不了，說，報了什麼旅行團，打算去哪兒玩耍？她笑了，拿起筷子夾蝦餃，手指無力，那蝦餃拚命從筷頭滑脫。吳麗敏把蝦餃夾到她盤裡，劉怡給她斟了普洱茶，陳桂英問起她的女兒，彷彿都沒見到她夾不起一個餃子。汪美霖定定神，開始跟老同學聊起來。

她本來想跟老同學們說說吳雙，但是這話題會不會太煞風景？躲進這溫暖的卡座，吃著愛吃的點心，跟中學最要好的同學緊挨著坐，沒有人想在別人的苦難裡去預想或回想自己的苦難。她想著跟醫院約好的復健時間表，真的能出門玩一趟嗎？她也許並沒有醫生說得那麼嚴重。瞧，現在不好好地在這裡吃點心說笑嗎？頭也不暈！

「醫生說我情況特別嚴重，別人坐著拉脖子，我得躺著拉。」她形容給她們聽，診療室裡一排拉脖子的人，下巴被固定住，就像美髮院裡一排人罩著燙髮機。她脫了鞋躺到牽引床上，頭和下巴被固定住，護士在她腦後調機器，一邊操作一邊回答其他病人問題，喝斥跑進來找奶奶的小孩，塑膠簾後八張床都躺著人，枕著草藥包，那小孩一個個掀簾看。機器啟動了，卡答卡答的金屬響聲，她好像躺在輸送帶上，一個外銷生產線上被挑出來的次貨，不合格，必須送進機器攪碎。頸脖正在被外力往後拉扯，她很擔心護士忙中有錯，拉力調得太大，一下子把脖子給拉斷……

「那不跟上斷頭台一樣嗎？」吳麗敏笑。

老同學堅持不讓她出錢，沒吃完的點心打包，嘻嘻哈哈往外走，這時汪美霖的手機在大衣口袋裡像活魚般震動，她滑開手機，竟然是趙斌！

下午有空嗎？見個面。

趙斌約她見面？肯定是為了吳雙的事。她問在哪兒見。趙斌說一個小時內過來，商場地下一層有個咖啡館，就在那裡見。

趙斌進公司時，她看這外地來的年輕小夥子個性開朗討人喜愛，對他多有關照，後來跟吳雙就不帶盒飯了，中午到附近小館子，三個人點三道菜分食，吃起來也不膩味。他們也像她這些老同學一般，互相開涮鬥嘴，消除工作的疲勞。吳雙文靜，常笑吟吟在旁看她跟趙斌鬥嘴，有時突然冒出一句總結，讓人拍案叫絕。趙斌總誇吳雙聰明。吳雙的男友細瘦寡言，有時會到聖倫嵐來接她。每回他來，向來沉著的吳雙顯得慌亂，趙斌的神色也不對，她馬上看出來了。

汪美霖跟同學說家裡有事，不跟她們逛了。大家說了再見，她轉身匆匆往另一個方向走，那裡有一道門，她推開時聽到有人喊「你不要去……」門關上，她沒聽清下半句，已經進了商場的另一區。這個商場分作紅藍白三區，其實賣的商品差不多，極盛時如果要逛遍，可以逛上半天。汪美霖從來沒獨自在這商場裡逛，吃過飯隨著同學四處走，心不在焉忙說話，但是此刻她得避開她們。

元宵已過，商場裡還到處貼著穿紅衣戴瓜皮帽金童玉女拱手拜年的圖案，紙紮的鞭炮和布縫的十二生肖，紅燈籠從天花板垂掛下來。這裡的地板略往下傾斜，前面一個轉彎，一邊是鐵門拉上的商鋪，一邊是貼著各種廣告的灰牆。怎麼破敗成這樣子？汪美霖搖頭。

她從來沒有跟趙斌在公司以外的地方單獨碰面。之前是三人午餐，等到趙斌高升後，為了避嫌，聚餐也就中斷了，當然，她了解這不過是表面的理由。他們畢竟年輕，不像她，了解生活中很多事物都是有缺口不完美的，你必須接受那缺口，才能享受其餘。又或者，他們愛得更熱烈，所以無法狀若無事。她不知道自己是通透人情世故，還是太膽怯。

答應了這個不是約會的約會，目的還是吳雙的去世，汪美霖頭一陣陣暈起來，彷彿心臟使不出力，供血上不了腦部。她習慣性地想讓腦裡一片空白，但是許多往事卻開始湧上，牆上的廣告海報變成了他們三人的剪影，一經過就動起來，像小時候在書角畫小人，像地鐵地道牆上的廣告，一格接一格活起來。他們露齒的笑容和鼻頭上的汗珠，他們在辦公室和地下室倉庫上上下下，年輕的他們步履輕盈，眼神清亮。相聚的時光，被調侃和笑聲填滿了，一日復一日，明快的汪姊、文靜的吳雙、熱情的趙斌，各有各扮演的角色，容不下不合人設的心情，那些讓人夜裡翻來覆去的念頭。她不知道該同情誰？

汪美霖失魂落魄往前走，那通道往前拐來彎去，愈來愈窄仄，兩邊已經沒有商鋪，散落一些紙片、踩扁的紙杯，頭頂的日光燈有幾根明明滅滅，感覺有點陰惻。這是什麼鬼商場，一個人也沒有。汪美霖眨了眨眼，這一年來，她的視力愈來愈不好。有個中醫告訴她，頸椎是肉身最重要的關隘，從頭到身，從身到頭，血液通過這關隘流上流下，如果通關受阻，很多身體機能會受到影響。

她兩手麻得難受，尤其是左手，不得不用不太聽使喚的右手去捏左手臂，減輕那種麻重感。你不要去……她聽到那個聲音，告誡，勸阻。

她來過這裡嗎？不，不是這裡，是在哪裡，公司附近？哦，想起來了，是城中公園的地鐵口，從地鐵口下去，也有這麼一條彎曲的地下道，走過地下道可以進商場。

吳雙在前走，她追上去，一把抓住吳雙手臂：你不要去。

汪姊，我跟他……約好了。

你不要傻呀，汪姊是為了你好。你再三個月就要結婚了，你要想清楚啊！

我想清楚了，汪姊，人生就一回。

不可以啊，你都答應小王了，又去跟趙斌好，人家會怎麼看你，你父母會多傷心，萬一小王到廠裡來鬧……

汪姊……

你要替趙斌想想，他是窮地方來的，全家指望他做出一番事業出人頭地，他現在不可能娶你的，他比你還小幾歲，你要是喜歡他，就要替他的未來著想，不能只想著自己愛啊不愛的……

她把吳雙使勁往後拽，不讓她去那個商場，趙斌在那裡等她。那裡有個牛排館，有情人節燭光晚餐，還有配套的情侶酒店，都是她從來不曾去的地方。她氣急敗壞說了很多，彷彿是小王請來的說客。她說的是放諸四海皆準的道理，吳雙蒼白著臉，無話可說。

隔天，吳雙請了病假，三個月後，依原訂計畫跟小王結婚了。三個人有時還是一起午餐，但是話少了，笑聲變得空洞。當老闆考慮提一個人上來當主任、登上幹部直通車時，她跟趙斌兩個都是公司考慮的人選，老闆找他們個別談話，最後名單公布是趙斌。黃修為她抱不平：她比趙斌資深，考績年年拿優，業務能力過硬。人家年輕嘛，何況黃佳佳還小，我能常加班嗎？她說得雲淡風輕。

汪美霖舉頭看，前方有個牌子畫著樓梯和男女人像，一個紅色箭頭指向右。就走樓梯下去吧，四層樓往下走，走到地下層去，在咖啡館等趙斌。她往前走，後頭有腳步聲，一聽就知道是橡膠底的厚布鞋，這種鞋好走路。那腳步聲一步步走來，一會兒便越過她往前去了，是一個穿著咖啡色連衣裙的女人，長裙下露出兩截蒼白的小腿。她習慣性打量女人的鞋，那是一雙新鞋，鞋底雪白，還是他們家出產的。這鞋是幾年前的舊款，當時賣得很好，配裙子不失秀氣，適合通勤的上班族，現在早就停產了。

那女人往右轉，她緊跟上去。通往樓梯有道防火門，門口有幾把椅子，一張桌子。女人使勁推防火門，推不開。

「鎖了？」她上前去推，這時女人轉過臉來。汪美霖眼前一陣黑，人便往前栽。

「汪姊，汪姊……」女人扶住她，半拖半拉，讓她坐在椅子上。汪美霖醒過來，身不由己地望著眼前這張熟悉瘦削的臉。

「這麼巧，在這裡遇到。」女人說，「你不舒服？」

她搖頭，說不出一句話。

「怎麼了，你不認得我了？」

「怎麼不認得，只是你不是，不是，」汪美霖哆嗦著。

「我最近剛回來，馬上又要走了，想著這兩天要找你，還有，趙斌……」

「我跟他約了等一下見，有事，要談……」汪美霖說不下去。

「是嗎?可惜我現在沒空，約了化妝做頭髮。」

汪美霖定神細看，眼前人披散著頭髮，臉色蠟黃，形容枯槁。「你，病了?」

「我病了，病了好長時間，現在好了，都好了，待會兒化好妝，還跟沒生病前一樣。」她笑吟吟地說。

汪美霖覺得很不自在。難道是誤傳?是了，肯定是誤傳。病了很久，現在好了，這不是喜事嗎，還高高興興要打扮。

「你穿著我們家的鞋。」

「是啊，這還是你送我的，一直捨不得穿，現在穿上正合適，這鞋子真好走，走得像要飄起來。」

汪美霖突然激動起來，「能見到你，真是太好了，哎，我都不知道怎麼說，反正，我這一整天心裡難受得很，沒人可說，特別懷念我們以前……」

女人笑吟吟，像是鼓勵她繼續往下說。

「我就是，想到很多過去的事，老是覺得當年，對不住你啊!」汪美霖的眼睛模糊了，她的脖子像吊著千斤的重錘。「我是為了你好，也是為了他好……沒想到，你跟小王不幸福。」

「汪姊，你呢？你幸福嗎？」

「我？」

「趙斌結婚，你喝成那樣，又哭又笑，大家都看出來了。」

「你胡說！」

「你老公沒問過你？我記得他臉色很難看。」

「沒有，不是……」

「那天之後，我就不想見你了，但是，今天機會難得，我要告訴你，人生只一回。」

「別，別這麼說，我心裡很難受，你來吧，一起見見趙斌，他這幾年老了很多。」

「沒時間了，現在幾點？」

汪美霖注意到她連個包也沒背，左手上沒有錶，只纏著一條打孔的塑膠帶，就像醫院那種寫著病人資料的識別帶。難道她是從醫院跑出來的？

汪美霖也沒戴錶，習慣在手機裡看時間，正在摸手機，女人說：「來不及了，你好好保重吧，我先走一步！」輕盈一轉身，往來的方向足不沾地遠去了。

汪美霖還有很多問題要問，很多話要說，她想追，腳卻使不出力，全身軟綿綿，眼皮重得睜不開。好容易睜開一條縫，模模糊糊看到自己躺在一張白色的床上，蓋著白被子，四周也是朦朦朧朧的白。原來死的不是吳雙，是她。她現在躺在醫院、不，太平間。

頸椎病比她想像得要嚴重多了，讓她猝然死去。啊，就這樣結束了！眼淚突然奪眶而出，來不及了，過去十幾年，不，她的一輩子都浪費掉了。她沒有跟自己真正愛的人在一起，日子就這麼過去了，等退休，等死，而死亡竟然悄無聲息就來了。又或者，吳雙的確是走了，特別來跟她道別，也送她一程。又或者，她汪美霖早就沒活著了，她每天都感覺到生活的一成不變死氣沉沉。

在公司裡，人們對她視而不見，趙斌的臉上沒有一絲笑容，總給她看後腦勺。黃修常不在家，在的時候也不見人影，或許他早也死了。汪咪咪呢？想到咪咪，那麼無辜無助，躲在衣櫃，門一關起就漆黑如棺槨，難道牠也死了？想到這裡，她心中酸楚，不禁哭起來，哭得喘不過氣，只能坐起。

一坐起，她發現自己身處的是一家酒店的房間。床，茶几，椅子，立燈，電視，擺設很簡單，地上是陳舊的駝色地毯，沒有窗戶。茶几上有菸灰缸，她聞到房間裡淡淡的菸味，聽到廁所裡細小的流水聲，棉被發出一種不潔的霉味。她似乎來過這裡。

過去，當她想像跟趙斌在一起時，她想像的便是一個像這樣的酒店房間，簡單到簡陋，沒有任何裝腔作勢。每次她從他的眼神閃動或眉毛上挑或臉皮抽搐準確猜到他的心思，便對彼此的關係有種男女做愛後的確認。工作上的默契，生活上的吐槽，他不知不覺中走進心裡，從此一呼一吸都有這個人。這麼多年過去，趙斌之於她已經沒有美醜好壞，他就是他，老了疲了也是他，只看得到後腦勺，她就從後腦勺去揣想他的心思。她真的在他的婚禮上那樣出醜嗎？

她是怎麼跑到這個酒店房間呢？這應該是商場旁邊那個小酒店，門口寫著休息三小時多少錢。三個小時，用心溫柔做完那件事加上洗澡，然後兩個人再若無其事回到外面的世界。即使是三個小時跟趙斌躺在這裡聽馬桶的漏水聲，她也願意。

這時她聽到一聲清喉嚨聲。這屋裡還有別人，一個男人，在廁所裡。汪美霖看到，她的絲巾、羽絨外套和一件陌生的男式皮夾克搭在椅背上。吳雙鬼魂拘她到這裡，也把他拘來了？她摸索著下床，腿腳無力，狠狠撞上茶几。

手機鈴響，她從外套口袋裡掏出手機，滑開。

「汪美霖，你怎麼了？」

是黃修。

「我，怎麼？」她有種被抓姦在床的驚惶。

「汪美霖……」

黃修喊她的語氣有點奇怪。早上他說「你不要去」，是讓她不要去搭理趙斌嗎？你不要去。發出這指令的人，如果不是很清楚什麼是該做的，就是相信自己有權利這麼要求。她對吳雙發過這個指令，她更對自己發過無數次：你不要去。

「汪美霖，你聽得到嗎？」

「嗯。」黃修的聲音近得就在身旁。

「頭不暈了？」

「你，在廁所？」

「對呀，你把你那些同學給嚇死了。」

「你在廁所幹嘛？」

「我在廁所能幹嘛？」

「這到底是怎麼一回事？」

「你跟她們說要回家，才推開門，就倒了下去，吳麗敏趕緊連繫我，我那時離這裡遠得很呢，她說要送醫院，我說送什麼醫院，上回昏倒過，躺著休息一會兒就醒了，送醫院，那不是把事情搞大了嘛……」

「是啊，送什麼醫院，又死不了。」她冷冷說。

「她們說，你眼睛半睜半閉，一直說著去酒店去酒店……也不知道是真的還是假的。」

「我現在醒了，你還不出來？」

「馬上。」

黃修要在廁所裡，那氣味，那水聲，慘白的日光燈，磁磚貼面的牆，被這些圍繞著，才能放鬆，才能思考。汪咪咪要躲在漆黑的衣櫥，被一家人的腳氣汗臭包圍，才能放心打瞌睡。她呢？她想待在哪裡？

已經遲到很久，趙斌肯定走掉了。吳雙是不是不願意她見他？不願意趙斌有機會對她說：這麼久沒見到你，有點不習慣，你要不要早點銷假回來上班？

她請這麼長時間的假，不就是希望聽到趙斌這麼說？也許他今天約她，就是要請她早點回去。

汪美霖的頸脖又瘦又沉，撐不起思緒紛亂的腦袋，只能往床上一倒，閉上眼睛。她感覺腦袋被強力向後拉扯，脖子像麵粉條愈拉愈細，愈拉愈細……來不及了，已經來不及，脖子折斷後，哪裡都別想去。

野百合／

暑天，幾個朋友約了去山裡避暑，有伴的攜伴，像他這樣孤家寡人的，帶著簡單的行李包，裡頭塞著遮陽帽和可折疊的行路杖，也高高興興地來了。他向來喜歡山林的出塵幽靜，尤其是從小在大城裡長大，在寫字樓上班，先是騎腳踏車，後乘公交車和地鐵，公寓愈住愈高不接地氣，除了陽台上養了幾盆海棠和月季，住家附近最接近自然的是那個老年公園。他常經過，但不曾進去，裡頭群聚著一些老頭，圍著打牌、下棋或聊天，日復一日年復一年，舊人走了，自有新人加入。時間就這樣過去。

六個人要了三間房。他老伴走了，老孫的愛人要照料孫女，兩個老同學湊一間。另一個老同學是人稱畫家的老查，帶了老伴朱惠，退休的中學教師。還有一對是舞搭子。周衛是以前單位裡的老同事，跟老婆離了，手頭有點積蓄，喜歡到處吃吃喝喝跳跳舞，他帶來的女伴，讓大家喊她小桂，說是他的舞搭子，跳國標的。小桂也四十好幾了，可能因為跳舞，身材保持得不錯，有腰，講話時眉飛色舞，顯年輕。兩人打得火熱，鬥嘴抬槓鬧個不停。為什麼說是舞搭子，不說是男女朋友呢？這點他沒弄明白。

三天兩夜的行程是老查訂的，周衛負責包了部七人休旅車，配有司機，一早集合出發，直奔山區。退休後出遊的好處就是避開週末假期的旅遊高峰，省錢又省心。大夥兒同在一個城裡，平日極少碰面，這回一吆喝，竟然馬上成軍，這種說走就走的爽快，讓退休的他們頗感振奮。朋友見面各種前塵舊事，養生和時事，無話不說，非常融洽。

周衛找的這部車車齡不小，上坡時有點力不從心，但大家遊興不減，都說出來散心不趕路，尤其窗外灰藍的遠山綿延，近處田野青翠黃花嫩嬌，令人心曠神怡。他不禁讚歎：「採菊東籬下，悠然見南山。有山有水，人才有靈氣嘛！」

畫家老查笑：「詩人詩興大發了。這回可以寫幾首詩了吧，回去把那些詩整理一下，出一本，大家都買，都讀！」

他搔搔頭。他常喜歡謅幾句似文似白長長短短的句子，寫在本子上，美其言是詩，「詩人」一稱不過是朋友善意的嘲弄。周衛也來湊趣：「查老師的畫，沈老師的詩，詩中有畫，畫中有詩，一起出本書更有看頭！」

一路說說笑笑，到了下午，車子開始上山，晚飯前到了個山村，老查訂了民宿。眾人下車，長途顛簸甚是疲乏，有人揉腰有人摩膝。他抬頭一看，並沒有想像中的星空銀河，說是山裡下了幾天雨。空氣溼而涼，像狗鼻子湊到臉上。

大家往有燈光的房子而去，走在前頭的小桂，到山裡來依舊穿城裡的衣服，一件及腿肚的輕紗百褶裙，沒有起到任何蚊帳的功能，嚷著忘了帶防蚊水。他向來不招蚊，別人都是他的捕蚊燈，但眼睛看著小桂的小腿肚，腳下一不留意，踩進個泥洼。

晚餐就擺在前院，圓桌上鋪了塑膠布，幾套包好的免洗碗筷。農家菜不外是白切雞、炒野蔬，清炒小河蝦，一鍋鮮魚湯，一道放了很多辣椒花椒的麻婆豆腐，還有一鍋半溫不熱的米飯，自行添用。大家都不怎麼吃辣，那道豆腐只有外地人的小桂吃得香。

他跟小桂說：「你那麼喜歡吃辣，我們有句俗話說『請你吃辣貨醬』，知道是啥意思？」

小桂人活潑又不難看，男士們總是跟她開玩笑，她也很配合，不要周衛提示，猜這猜那，無一語中的，座上都笑。己知而人不知，優越感油然而生。

「是給你幾分顏色瞧瞧。」他公布答案。城裡人不慣吃辣，請吃辣就是讓你好看。

小桂故意嘟起嘴，「啊喲，誰不知道你們的厲害，個個精得很。」

說他們精，他們倒是欣然接受。世事洞明，人情練達，最怕當傻瓜。吃好笑過，幾杯啤酒下肚，倦意湧上。山裡的夜晚一片漆黑，只聽得不時幾聲凶狠的狗吠，陌生的蟲聲，於是大家決定早點就寢，養足精神明天一早出發。

第二天爬走一段山路，去看一棵被雷劈掉一半的千年古木。近中午時，乘車下到有名的溪谷景區。車停妥，周衛去買船票，其他人便緩緩走下石階，站在碼頭邊等坐船。眼前碧水一帶，兩岸玄色岩壁，間又裸露出紅岩，那個黑是燒過的焦炭，紅則跟火焰一樣。

「火燒山啊！」他指著那奇特的黑岩赤壁讚歎。山色倒映溪水之中，水紋脈脈，配上臨水的綠樹、叢生的芒草和白薑花，真是風景如畫。這才是人住的地方，難怪古人要歌詠田園，回歸田園！此刻，那個他出生長大求學工作結婚和養老、住了一輩子熟悉的城，成了一個頂頂無趣的灰色叢林。

「我看著像烤紅薯！」小桂卻嚷著。仔細一看，真有幾分像烤得炭黑的紅薯，扯露出裡頭的紅心子，眾人不由得都笑了。

碼頭泊著一條兩頭尖的木船，船裡三個船夫，理光頭，頭上繫條布巾，打赤膊，褲子捲高，光腳，看到有人來了，眼睛亮起。船夫都有年紀了，曬成醬色的肉掛在骨架上，但兩條手臂還是緊實的，顯得很有力氣。大家不約而同想到，這些人看著年紀大，還在這裡賣力氣，是山裡人結棍還是老得快？其中年紀看起來最大的，臉肉紅紅黑黑也像烤焦的紅薯，是經年累月曝曬的結果，臉皮子上皺紋如溝，最奇特的是生了兩道粗濃的灰色倒山眉。

這時一個作村姑打扮的女孩過來了，花布斜襟衫黑長褲，梳一條辮子，腰間一個小蜜蜂擴音器，左耳上掛著無線麥克風。女孩笑得甜，語聲也甜，眼神靈活，苗條的身影往這山水之前一站，山水成了她的舞台背景。她周到地招呼大家上船，船上有兩排固定的竹椅，待眾人套上橘黃救生衣坐定，船夫們長槳一點一撥，船隻便聽命溯溪前行。清風徐來，美景如畫軸展開，只聽得村姑導遊甜美的聲音介紹著這裡的山光水色、風土民情，說著說著便用當地土話給大家唱了一支山歌，歌聲迴盪山水之間，由於不解詞意，更覺得旋律宛轉動聽，大家紛紛叫好。女孩笑著道謝，老查要她再來一首，她立即又唱了一首。幾支山歌唱過，船頭打個轉往回，這時幾個船夫身上臂上已經結滿豆大汗珠，汗水一道道流淌，他注意到船首的梢公手臂上墳起一道長疤，好像底下有隻長蟲掙扎著要破皮而出。

村姑導遊非常伶俐，看到他盯著那道疤，便侃起了船夫的苦經。她說這些船夫住在更裡頭的深山裡，生活靠三點：屋邊種一點，江裡捕一點，山上採一點，勉強餬口。為了攬這船活，每天要走三個小時的山路下到溪谷，一天往往只能排到一班船，淺水季時連這個活兒都沒有。「各位大哥大姊，他們給大家划這趟船以後，還要走三個小時山路回家，一個人只能拿到二十元錢。」

大家聽了紛紛感歎：二十元，在城裡能做什麼？船公司如此苛刻，在山裡討生活如此艱難！

這時村姑導遊從前艙底部拖出一個布袋，從裡頭拿出一罐茶葉，「各位大哥大姊，小妹手裡拿的就是剛剛給大家介紹過的特產野生茶，是村裡人自己採製的，完全天然，味道清香，如果大家有興趣，可以帶幾罐回去跟家人朋友分享。」

小桂問價錢，覺得挺合理，野生茶城裡沒得買，便要了兩罐。既然有人買了，大家也湊興，各買了一些，算是幫襯這些山裡人。他對茶葉沒興趣，但是那個灰眉老梢公下垂的嘴角、眼尾的深紋，還有船首梢公臂上的疤觸動了他。

他低聲跟大家商量：「這幾個划船的不容易啊，要不要給點錢？」

大家一致贊成，於是湊了三百元，交給村姑導遊。村姑導遊連連道謝，又給大家獻唱了一首，歌畢，船已靠岸。

下得船來，眾人心情大好，想到山裡人生活困難，幾個梢公連口熱飯也吃不上就趕路回家，今天有這額外的工錢，妻小見了不知會有多高興，說不定會雙手合十喃喃念著「老天保佑這些善心的城裡人啊」，跟電視劇裡淳樸的鄉下人一式一樣。

大家猛然想起司機來了。原本說好不包飯，這時卻熱情地把他也叫上，一起尋了一家餐館，點了炒飯炒麵、山筍炒豬肉片、清炒龍頭菜、蘑菇炖豆腐，還有一鍋番茄蛋花湯。店家手藝平平，油多鹽多，大家拚命灌茶水。茶水沖得一點味道都沒，周衛讓店家換壺茶，店家直接拿了茶葉罐出來，包裝跟船上賣的一模一樣。

「這是野生茶？」他問。

店家笑笑，「野生不野生，我不知道。」

他還想問，老查從背包裡掏出一本小冊子，翻開一頁給他看，卻是幅素描，畫的是那個村姑導遊。在老查筆下，那女孩顯得格外出塵水秀。他看著畫裡的人，畫裡的人也看著他。老查的畫功愈來愈了得了。

大家傳看，交相稱讚。老孫說：「一方水土養一方人，這姑娘乾淨得就像朵百合！」

小桂接過來遠看近瞧，笑著說：「真美真美，查老師畫得好一朵野百合啊，對了，我們這裡不是有詩人嗎？有畫也要有詩呀！」

他連忙拱手說：「詩，總會有的，會有的。」

吃好後，時候已經不早，有人想去水邊走走，有人想在村裡逛逛，還有人想回車上取物，於是約好一個鐘頭後集合，往下一站去。

這深山，這百合，可不能隨便寫，一定要拿出讓人印象深刻的作品才行……他一邊在腦裡組合著不同的字詞，一邊沿著山村的石階往下走，轉個彎，又往上走，東張西望到處看。山村的經濟看來也靠旅遊業，最熱鬧的那條石頭路，兩旁賣的有各地景區常見的童玩、香袋、木梳子，吃食有方糕、花生酥、茶葉蛋……還有野生茶。跟船上一模一樣的茶罐，堆在竹籮筐裡。他忍不住過去問價錢，店家開的價錢是船上的一半。

「是野生茶嗎？」他問，沒有等店家回答，轉身就走。哪來這麼多野生茶？

他買了瓶水，跟城裡喝的是同個牌子，水倒是哪裡都一樣。正喝著，看到對面小店裡兩條板凳，幾個光頭的漢子在吃飯，穿著泛黃破洞的背心，有個老頭招手要店家再拿點酒來，兩道灰色的倒山眉，他看得分明。客人一般午後就離開趕路，今天的生意做完了。

他心裡不是滋味。他是大城來的，大城裡的人文化水平高，見多識廣，頭腦清楚，怎麼一出了城，就丟了警戒心，一夥人糊裡糊塗上了鄉下人的當！陰溝裡翻船啊！以為人家會感念，其實是暗地裡嘲笑。

是的，因為他們是城裡來的，看到山裡人生活的可憐景況，就覺得同情，覺得慚愧，莫名其妙想補償，所以在城裡看得緊緊的荷包，不由自主就打開了。城裡也常遇到在路邊抱著小孩乞討，或跪在地上寫大字求救的，他從來沒給過錢。

他想去找對方理論，可是他要理論什麼呢？這裡是旅遊景點，一切都是商業行為，想辦法從有錢的城裡人口袋裡掏錢，又有什麼錯……

有人拍了下他的肩，是老查夫婦。「你發什麼呆，看我買了什麼？」

他顧不上看，連忙說了他的發現。「你們瞧，店裡賣的茶比我們買的便宜一半，還有，那些船夫都在那裡吃飯喝酒，什麼苦哈哈走三個鐘頭的山路，根本就是……」

老查順著他的手指兩邊瞧瞧，「是他們嗎？不會吧，我看那個姑娘挺好的。」

一旁默不作聲的朱惠，臉上浮現意味深長的微笑。認識這麼多年，朱惠客氣而不熱情，沒聽她批評過什麼，也沒聽她誇獎過什麼，讓人捉摸不透。他不明白這微笑是輕蔑還是憐憫，是針對騙子，還是被騙的人？

老查碰碰他手臂，「不要緊的，別自尋煩惱了。」笑眯眯地跟朱惠往前去了。

老查居然一點都不在意，不相信自己被騙嗎？他得去跟老孫說。老孫以前在學校學習好，思路清爽，不像老查這麼搗漿糊。

說曹操，曹操到，那頭石階上施施然走下來的不正是老孫！他連忙趕上前去。

「詩寫出來了嗎？」老孫打趣，「哎呀，這日頭好毒辣，我這汗出得厲害哦！」

他看老孫臉都漲紅了，「你臉紅通通的，山裡也熱得很，原以為這裡清涼。」

「你的臉也紅。」

他撫撫自己臉，是有點燒燙，但他知道並不是因為天氣，是心裡的一把火。

他把大家上當受騙的事說給老同學聽。

老孫聽了搖頭，「世風日下，還好就是幾塊錢的事，不需放在心上。」

「就這樣？」

「那你想怎樣？」老孫饒有興味地看著他，「詩人還會在意銅臭？就當作散財吧，助人為善。」

「這說不通啊，助人為善，也要我心甘情願吧？」

「那個小姑娘拿刀子逼你了？她是騙了我們，我們自己就沒責任？既然沒看穿人家的伎倆，那就是活該，上一次當學一次乖，就當作是交學費吧。」

交學費？他咀嚼老同學的話，那麼他學到的是什麼呢？防人之心不可無？即使到了這山明水秀的化外之地，也要時刻小心提防？

他跟老孫一起往上走，閃躲路上攔路的大白鵝、咕咕叫的大公雞。石頭房裡陰暗的角落，一個老人垂著頭打瞌睡，光屁股的小孩在門口玩，駝背的老婦把野菜梗一條條鋪在竹篩子上，有人擔了一簍山果子顛顛地過去了。一棵開滿紫花的大樹下，有幾把竹椅，老查夫婦、周衛和小桂坐在那裡跟村民聊天。他們說普通話，村民答以土話，完全是雞同鴨講。

小桂看到他揮手喊：「詩人來了！把詩念來聽聽？」

「詩，會有的。」他搔搔腦袋。

小桂仰頭看樹上的花，雙手打開，誇張地深呼吸，「美吧？這裡太美了，給我再拍張。」

周衛說：「你都拍了多少了？」

「還拍不夠。我要記得這個小山村，以後還要來。」

「有件事，」他清清嗓子，這時看到朱惠朝他使了個眼色，到嘴邊的話便嚥了回去。

「想說什麼就說嘛！」小桂用一種小女孩般天真的語調催他，像在對他撒嬌。

他再看朱惠，她神色淡然，他懷疑剛才眼花了。小桂再三催問，他便說了。

幾秒鐘的沉默後，周衛先開口：「唉，這其實也沒什麼，不過你這麼一說，倒讓畫家為難了，他那張素描本來還想回去搞個油彩的。」

他驚覺這事似乎讓老查有點難堪。剛才吃飯時，他差點當場問了野生茶的價錢，那時老查打斷他。莫非老查比他先一步猜到了，不希望他戳穿？

「素描歸素描，不搭界的呀！」他連連搖手。

「這事你自己曉得就好了，何必說出來？錢都給了，茶葉也買了，你不說，大家覺得今天玩得挺好，現在搞得大家就是群傻瓜……」周衛嘟嘟噥噥地抱怨。

小桂扯扯周衛的袖子讓他住嘴，撇嘴說：「野百合就是野百合。」說時加重了「野」字，這個詞給人的感覺完全兩樣了。

老孫打圓場，「老沈也是一番好意，總覺得該讓大家知道一下，下回不會再上當。」

老查掏出一包熊貓，有吸菸的都遞了一支。「別較真啊！出來玩開心最重要，是吧？那個小姑娘，人家也是沒辦法。」

時間差不多了，大家沉默走到停車處，司機早把空調打起，一坐進車都舒了口氣。山村很美，但大家此刻只想往下一站去。

車子往村外頭開，沿山路蜿蜒而上，他們是在往更深更未知的山裡去嗎？

會遭遇淳樸的山民，還是……這時他們看到路邊有個女孩，穿著卡通圖案的恤衫和牛仔短褲，肩上挎個大包，手裡拎個袋子，對著他們的車用力招手。山裡交通不便，搭便車是常事，司機減慢了速度。靠近時，大家看到那女孩生著一張水靈水秀的臉。到底是不是呢？就這麼一遲疑，司機沒聽到停車指令，便鬆了煞車踩油門，越過女孩，繼續往前去了。

車廂裡一陣沉寂，所有人都等老查開口，他畫過的模樣，他記得最清楚。老查果然開口了，聲音宏亮：「這裡過去還要兩個鐘頭，大家休息一下，養養精神，晚上吃正宗的叫花雞！」

沒有人再言語，他也閉上眼睛。車子開始吃力地爬坡，他突然得了一句：綠水青山被辜負。被辜負，被辜負……車子繞了一個彎又一個彎，身體一會兒向左傾一會兒向右倒，在想出下一句前，他盹著了。

像狗那樣忠誠／

1 我的到來和艾美的死

事情是這樣的。我們十號樓最美麗可人、有一對靈活大眼睛，還帶著小姐脾氣，擺足上海女人「作精嗲」派頭的艾美，突然香消玉殞。

艾美跟小徐和徐媽媽住在一起。小徐是個三十多歲的「老小姐」，她的婚事曾讓徐媽媽操碎了心。早在小徐二十七、八歲時，徐媽媽就去人民廣場的徵婚角落跟其他同樣操心的父母一起發過傳單，給陌生人看過閨女的照片，眉目秀皮膚白淨，卻遭人嫌棄說年紀太大就像房子的地段不好，房型再好有什麼用？母女為此沒少吵過架。徐爸爸在小徐年幼時就跟徐媽媽離異，另組家庭，彼此不相往來。小徐之所以不結婚，是顧及一手扶養她長大的徐媽媽，怎好丟老媽一人？不過，這些都是傳言，這對母女深居簡出，少跟鄰居打交道——住公寓大樓的人，誰又不是呢——要不是因為艾美，我也不會豎起耳朵留意關於她們的八卦。

他們說，艾美死在浴缸裡。本來這缸熱水要給徐媽媽洗澡的，徐媽媽這幾年糊塗了，吃喝拉撒樣樣都要女兒照拂，這池水的溫度，小徐總要調到最合適，讓媽媽泡進去熱而不燙剛剛好，她是個完美主義的處女座。但是不知為何，艾美卻跌進缸裡。小小的博美種體態嬌弱，在水裡哼著，掙扎著，滑溜溜的缸壁，爪子使不出力，時間一長就不行了。小徐那時候哪裡去了？她作為主人，在艾美之死上嚴重失職！想到這，我忍不住激動地狂吠。

相較之下，我慶幸我的主人是一絲不苟、非常有責任心的湯爺爺。七十歲一頭銀髮，走起路來腰桿挺直，穿成套全棉灰色滾藍邊運動服耐吉跑鞋，天天由我陪著沿小區外圍走三圈，從月季園開始。他是小區裡娃娃們的爺爺，照管娃娃的阿姨或奶奶外婆，一口一聲要他們喊爺爺，我的主人這時便從喉嚨裡發出一種含糊溫柔的聲音，既威嚴又和善。人們被他的銀髮和紳士般的舉止催了眠，臉上堆起了敬佩的笑容。

我的耳朵比他靈敏太多，這些剛剛還客氣跟他打招呼的人，在主人走過月季園，也不過五十米的距離，就把爺爺叫成老頭。說老頭洋水喝多了，不近情理，成天不是跟居委會抗議，就是跟物業提意見，要他們管管晚上大聲開音箱吼歌的，週末還在鑽孔施工的，還有孩子在大樓廳裡打羽球、保安在樓道吸菸、車子占位亂停等問題。主人反正耳背，我也不會跟他打小報告。

主人在美國東岸住了二十幾年，一雙兒女都已成人，太太搬到溫暖的佛羅里達州，養了孔雀鴕鳥當寵物，他卻一個人跑回老家上海，跟我這隻雪納瑞作伴，賜給我一個神氣的名號：喬治。瞧我這灰色夾黑的毛鬚，若有所思的臉容，小心翼翼的步伐，矜持謹慎的舉止，跟我家主人不很有幾分爺孫相？近一年來他常對我說：人家一年你七年，轉眼也老了，過兩年就要追上我了；或是把我翻個身肚皮朝上躺在他大腿上，看著我的眼睛說，buddy 小夥伴，我會好好照顧你的，養生送死，你放心吧，只要你活著，我就不會離開的。他的語氣讓我很是傷感，想起跟媽媽分開的情景……不說那個了，還是繼續說艾美之死。

艾美是四年前來的，徐家就在我們家的正上方，也是兩房兩廳兩衛。那個晚上，我除了聽到輪椅輪子貼著地面摩擦的咕嚕，不時傳來的呼喚聲，還聽到嬌滴滴奶聲奶氣尖細的叫聲，爪子摩擦牆角，甚至還有我很少從樓上聽到的聲音：人的朗朗笑聲。於是我開始期待跟她不期而遇。

每天，我在電梯裡聞到新鮮母狗的味道，香甜又酸騷，像跑過草地時，擦過我肚腹的草葉，刺激著我的感官，讓我全身躁動難安；又像秋天桂花樹下的香風，吹開我的毛髮，吹拂我的皮膚，從我最敏銳的鼻頭和舌頭進入我的身體。

啊，她一定是美若天仙。

我每天盼呀想呀，時間不到就趴在門口傻等，有時不禁迸出幾聲嗚咽，還沒見面已經相思難耐，不，我已經感到失戀的悲哀。終於有一天，我們在象徵愛情的月季園遇見抱著艾美的小徐，主人們彬彬有禮相互問候，而我只想立刻撲到艾美身上。她高高在上被抱著，又圓又黑的大眼睛一眨不眨看著我拚命縱跳吠叫，無動於衷。啊，她的驕傲跟我想像的一模一樣。我的心受到重擊，我跳得更急了。

四年來，艾美出門幾乎都是被抱著。這麼小的狗不用遛的，地上多髒，草叢裡還有跳蚤，小徐下巴在艾美蓬鬆的白毛裡蹭，跟我家主人說，艾美是陪媽媽出來散步的。唉，你說我能怎麼辦呢？難得幾次遇見她四腳著地，我熱情地湊上去嗅聞她發出異香的屁眼，她卻傲然轉過身去。四年的光陰就這樣過去了，我從一隻精力無限只想交配的小公狗，長成了如今喜歡思考和打盹的喬治大叔，這輩子，我竟然只愛過一隻連話都不肯跟我說的博美小妖精。

有沒有艾美，我的日子過得都很有規律，或者說是一成不變。每天我都要出去遛一次，風雨無阻。我有一件透明鑲黃邊的小雨披，一穿上就特別萌，我長著一把白鬍，天生老相，不像泰迪或約克夏，年紀一把也能裝嫩，跟滿街穿緊身衣褲塗脂抹粉的阿姨一樣。我從小就不宜穿可愛服裝，穿上這雨披，我都不好意思了。幸而雨天出來遛的夥伴不多，他們被帶到地下停車場，或直接在浴室裡解決。主人說了，在地下停車場便溺，是不文明的行為，那裡是停車的地方，不是遛狗的地方。

我不喜歡停車場。上回去停車場，也是唯一的一次，是主人的朋友開車載他去接我，五個月大的我離開了媽媽溫暖的肚腹，奶水枯竭但依然美好的奶頭，進入了一個可怖的空間，第一次看到那麼多車，汙濁的空氣有汽油味，每個輪子夾帶了它們輾過路面的汙塵，沾著汗水被太陽曝曬過的皮革，薰衣草香精和蘇打餅乾，死老鼠和發餿的麵食臭雞蛋，飲料瓶裡的變質糖水，我敢打賭，我還聞到血腥味。我聞到同族們的屎尿，其中有性感得不得了的小母狗，還有體形龐大傲慢粗野的巨型公狗。不流通的空氣，把所有氣味都聚結在一起，滯流就像一層薄膜，我拚命嗅來嗅去，又興奮又害怕。

我一定是在發抖，因為主人把我抱進懷裡說：小 buddy，我們到家了。我聞到他身上咖啡的醇苦，沐浴乳的馨香，還有刮鬍膏的冷冽，立刻喜歡上這味道，我又聞到他腋下的汗水，嘴裡的唾液，胯部的尿漬，我就認定一輩子追隨他，永遠忠誠。

主人的日子是清醒和睡覺，我的日子是放風和看家。據說我小時候喜歡在屋裡跑來跑去，有時在地板上撒尿了，自己繞著桌子逃竄，主人也不追。他總是走路的，怕摔跤，他說一個人摔跤了挺麻煩。我把廁所卷紙咬一截在嘴裡，一直拉到了廚房，我還咬爛過一本書，是硬殼金邊的洋文書《偉大的蓋茲比》，主人重重打了我一記。那是他唯一一次打我，他總是跟我講道理。喬治，他會讓我前腿擺正坐在他面前，叫我的名字，說出我的罪名：你怎麼咬了我的皮鞋？被子上怎麼有你的腳印？那盆花是你打翻的吧？什麼時候你才能學乖呀？我總是默默瞅著他，愁眉苦臉，因為我挨訓了，因為我管不住自己。慢慢地，我不再老闖禍了，主人卻又換了另一種憐惜的口吻：可憐的喬治，玩不動了？

待在家裡的時候，我總是無精打采，除非有客人來。主人每隔一兩天都會出門，有時帶回幾袋蔬果，有時是吐司和牛奶，他會用電腦，用手機，卻不喜歡在網上購物，他說如果一直不出門，成天在電腦和手機上點呀滑呀，人會變傻的。我汪一聲表示同意，我絕對贊成天天出門，哪怕是颳風下雨。

不過主人早就變傻了，他們都說主人離開上海那麼多年，一回來什麼事都不曉得怎麼操辦。那時房價已經漲上天了，有一幫子人在等房市泡沫破滅，降回合理價位；有一幫子人在拚命買，炒房地產。主人拿美國洋房的房價一比，人民幣兩百萬能在賓州買漂亮的兩層洋房和地下室，前後花園雙車庫，綠蔭夾道的馬路，好學區和好治安，在上海卻買不了看得上眼的小戶型。這簡直是瘋狂！他忍不住用英語說，連說了好幾遍。他的朋友也懂英文的，大學同學嘛，現在不是大學者就是大老闆，他們笑瞇瞇地看著他：老湯，你要早幾年回來，能買好幾間。

這時，也不是他挑房子了，好容易在老同學張羅下，在他度過青少年時光的中山公園附近，現金置下這間公寓。我回來是為了還願，一個人簡單就好，主人這麼對朋友說。八年過去了，他這小戶型漲了整整三倍。瘋狂，簡直是瘋狂！主人又說了，帶著幾分慶幸把頭搖了又搖。

頭一兩年，主人常跟訪客問起他離去後的二十多年，上海如何華麗轉身成了國際大都會。來訪的老朋友則好奇聆聽關於美國的種種，跟中國比較，還有個人在不同文化政治和經濟場域的遭遇，感歎感慨。他們相互打探家庭、事業和資產，一致認為現在的日子好過了，臉上卻帶著一絲惘然：另一邊的風景未曾親見，今生也沒有機會了。有時他們為了一些問題聊得不歡而散。有一回，一個老友說了句：看不慣，儂回去好咧！這句話對主人的打擊明顯易見。那天到了睡覺時間，主人還揉著太陽穴喃喃說著：美國人也說，看不慣你就回中國嘛，我這是兩面不是人了？

七、八年過去，除了比別人更關注噪音和垃圾處理等公益問題——依月季園旁阿姨爺叔的說法就是「好管閒事」——主人就是個體面的上海紳士，文雅有禮，見過世面。他的老同學們不再來家裡了，每個月眾人尋家餐館聚餐，挑的都是濃油赤醬的本幫菜館，但是高脂的外婆紅燒肉、草頭圈子不吃了，點的是乾煎帶魚和清炒蝦仁。幾十年前的朋友，不見得是今日的朋友，但總是相識一場，有幸還安然健在。可不，上個月才走掉一個。那天主人參加告別式回來，絮絮叨叨跟我說了半天。

我能理解主人的心情，雖然他愛說，能說，說得很多很複雜，仗著我們狗族的靈性和直觀，總是能抓到話裡的重點：朋友走了，死亡擦肩而過，下一個是不是我？

既然人的一日是我的七日，糊裡糊塗日升月落就過完七天，轉眼過完了八七五十六年，不出意外，死亡也就是三五年後的事。我是不會去思考死亡的，放風時放風，吃飯時吃飯，終日昏昏欲睡，卻又總能在需要時立刻睜開眼睛豎起耳朵。但是，這回有點不一樣，因為艾美死了。她死得那麼突然，那麼蹊蹺。她怎麼會到浴缸邊去玩呢？短腿又肥胖的她，怎麼能搆到那麼高的浴缸，還能跌進去？

想到過去幾個春秋，我被她的體味撩撥得神魂顛倒坐立難安，不時在床腳或桌邊遺尿一泡，我就無法對她的死亡釋懷。為什麼徐家不舉行一場艾美的告別式呢？我需要跟其他狗友一起追悼。

說是追悼，其實我真的想要進行的是祕密集會，交換情報，了解艾美的死因。當你聽說誰死了，總會想知道是怎麼死的。當然最簡單的是，主人直接去問小徐，因為小徐在家上班，所有生活必需品都用網購，卻每隔一兩個禮拜就會輕輕敲開我們的門。但是小徐很久沒來了。仔細想來，她上回帶來的是網購的月餅，我還分到了一點餅皮，現在屋子裡已經開著暖氣，主人在計畫著回美國過聖誕節了。

樓上又恢復安靜，從此再也聽不到聞不到美麗性感的艾美。輪椅在天花板上滑行的聲音，顯得如此寂寥。主人的煩惱總是對我傾訴，因此我相信，小徐對艾美也是這樣的。這叫做什麼呢？對，樹洞，我們是主人的樹洞，傾聽並保密。艾美是帶著主人什麼樣的祕密走掉的呢？

我們這個家，除了一個安徽的鐘點工小呂每隔一天來一趟，兩個小時把碗洗了，地拖淨，裡裡外外打掃一遍，不時幫主人帶一些油米洗衣液廁所卷紙的生活用品，送外賣的小弟偶爾敲門，此外就是我陪著主人聽他的德弗札克和布拉姆斯。不論他的音樂多激盪人心，我總能聽到電梯到了這層，腳步停在了門前。主人說，像大上海這樣的地方，不速之客是不存在的，公寓裡的人只能自己出去，去單位去餐廳去咖啡館跟人碰面，很少人會上門來找。但是有一位訪客，每個月的第一個和第三個禮拜三都會來敲門，比小徐有規律多了。有訪客的禮拜三最特別，我不說最開心，因為它有時伴隨著淚水和歎息，即便如此，我知道主人還是殷切期待著，至於小徐……

「喬治！」

聽到主人召喚，我精神一振，連忙抬頭挺胸走到他面前。

「喬治呀，你又在打瞌蟲？真是好命的狗，好命啊，一天到夜就是吃吃喝喝白相相，爺爺不如你呀！」

聽這開場白，主人又要對我傾吐心聲了。我從長長蓋到眼睛的眉毛下看出去，主人的面容若有所思。

「儂講，那個小徐，哪能老長辰光不來啦？」

我歪著頭看他。我相信現在我的模樣也是若有所思很嚴肅，我不知幾次在鏡子前自我端詳，很有幾分威嚴。

「她那個心肝寶貝艾美，就這樣死了，溺死，你不覺得奇怪嗎？這比較像貓的死法。貓可以飛簷走壁，不小心掉進浴缸是有可能的。你說，會不會是徐媽媽？病得糊塗了，聽說有時候連人都不認得，做出什麼出格的事也是有可能的。作孽啊！」

我輕輕汪一聲。艾美一死，把我的青春歲月也帶走了，多少長夜的傾聽，多少白晝的等待，全都化作泡影。

主人唏噓了一番，又說：「失去了艾美，小徐肯定很痛苦。」

痛不欲生啊！我再汪一聲。

「你知道這世上什麼最痛苦?」

我猜是被人丟進浴缸吧?

主人瞪著他黃白帶血絲的眼睛，沉聲說出答案，「是背叛，是背叛呀……」背叛?這可是非常嚴重的罪惡。在我們狗族的價值觀裡，忠誠是最重要的，忠於你的主人，不論他怎麼待你，永遠把他的福祉安危放在第一。簡單地說，如果今天有隻體型大我兩倍、生性凶猛的狼狗攻擊主人，我絕對會飛撲上前，哪怕是被他一口咬斷脖子。忠誠不計代價，即使是付出血的代價。

「被所愛的人背叛……」主人喃喃說，閉上眼睛，輕輕吹起口哨，後來便唱起來。他低沉的嗓音被歲月磨尖了，此時因為心潮起伏，出氣時大時小，有時還有點哽咽。愛面子的他，人前總是威嚴得體，但在這個窗簾密掩的客廳，在他忠誠的朋友面前，他動情地哼著這首常哼的英文歌:當夜幕低垂大地變暗，月亮是我們唯一能見的光亮，不，我不會害怕，不，我不會害怕，只要你陪在我身旁……

此時，我不禁記起媽媽香甜的奶頭，柔軟溫暖的肚腹，溼漉漉的舌頭舔著我的背，不時低頭嗅聞我，再三確認我就是她親愛的寶貝，我傻呼呼地辛苦爬到她身上，卻一次次從背上滑落。我不記得媽媽的模樣了，也不記得原來那個家。只知道媽媽的主人是被外派到上海工作的美國人，調回總公司時，他們辦了各種手續和檢疫帶走媽媽，把我們兄弟姊妹分頭送人。

主人說的是艾美被徐媽媽背叛嗎？我悄悄趴到主人腳邊，聞著他的腳氣，也閉上眼睛。

2 主人和白阿姨的禮拜三

主人一天刷牙兩次，起床後和睡覺前，但今天他吃過午飯就刷了牙，用牙線清理牙縫，在浴室鏡檯前左顧右盼，把一頭銀髮用髮油梳得一絲不亂，刮鬍子抹古龍水，換了件乾淨的襯衫，經過我身邊時，溫柔地喊了我一聲。

於是我確知，今天是禮拜三，白阿姨要來。

白阿姨芳名嘉影，嬌小苗條，背有點駝，戴個金絲框眼鏡，短髮摻灰微鬈，掠在耳後，主人說她「暗香疏影」，這是形容梅花的詩句。梅花素雅，白阿姨的聲音卻粗礪，激動時還生著倒刺，這聲音跟她江南水秀的人品不搭，而且她的關節一到陰雨天就會痠痛，讓她的行動顯得僵硬。主人說這是因為白阿姨年輕時吃過太多苦。白阿姨雖然常來，第一次見面就說我長得怪模怪樣，不曾逗我玩過，我也從不去趴在她腳邊。我暗暗把她歸類於被狗咬過的那種人，一朝被狗咬，一輩子都怕狗，哪怕身上的傷口早就痊癒，心裡卻留下永久的傷疤。

據說很久很久以前，主人在大學裡教書，白嘉影是鄰居家的女兒，常來幫主人的妻子照看小孩，主人免費替她補習英文，兩人都愛好文學電影，特別聊得來。主人書房桌上，有一張白阿姨的照片，在影樓拍的，穿一件白色的連衣裙，領口有花邊，露出天鵝般修長的玉頸，兩條藕般的手臂，淺笑盈盈，像個新娘子。拍照的那一年，主人貼身帶著這張照片去了美國，二十五歲的白嘉影還沒嫁人。幾年後，主人把妻小都接去了美國，從此兩人音訊斷絕。主人八年前回到上海，據說就是為了她；足足等了兩年，白嘉影才願意見他，這時她已經五十六歲了，很多人稱這樣年紀的女人是「老太」「大媽」。

我還記得白阿姨第一次來的情景。她帶了一盒點心，「紅寶石」的奶油小方，說是主人以前最愛吃的西點。主人重養生，早就不吃鮮奶油了，但打開那盒點心時，臉卻漲得通紅。我也分到了一指尖的奶油，是白阿姨給的，從未嘗過甜食的舌頭，乍然接觸到這般非人間的濃郁甜香，彷彿又回到依偎在媽媽懷裡的時光，那天，應該是我們爺孫倆今生都難忘的日子。他們兩人絮絮叨叨，一些陌生的年代和名字，沒來由的沉默和歎氣，在白阿姨淚珠滾落前，主人及時遞過去一盒舒潔面紙，白阿姨破涕為笑。我感覺到的重點是，在那些淚水和歎息下，是死後重生的喜悅。

白阿姨總是到主人的小公寓來，嫌外頭人多吵鬧。上海這幾年簡直變得太熱鬧了，想找個靜坐聊天的地方很困難，他們不只一次說，那些時髦的餐廳和咖啡館，都是給年輕人和小家庭的，至於他們兩個「天涯淪落人」，能靜靜一起待在小客廳裡，喝杯熱茶，吃幾口點心，就是極好的了。他們就這樣心照不宣對坐在這小客廳裡，有時坐到黃昏也忘了點燈。

我聽到電梯在我們樓層停下，聽到白阿姨極輕的腳步聲，嗅到了她身上熟悉的味道，混合了麵食的香氣，讓我饞得受不了。主人打開門，接過白阿姨手中的食盒，兩人不發一語，交換了一個眼神。我發現他們從幾年前那種特別正式有禮的招呼方式，慢慢過渡到今天這樣，就像老伴出去了，回來給捎帶了吃食。相處的時光愈家常愈好，是這樣的想法吧？就像我陪著主人的每一天，一天又一天。

「凍的素包子，靜安寺那邊一個台灣人開的素食店，說清爽又好吃，我就給你帶了幾個。」

「是熱的。」

「我上籠蒸了，比微波爐轉的好吃。」

「好，一會兒吃，喝什麼，上趟那個紅茶？」

「好呀。」

「我買了牛奶，還是不要糖？」

他們把紅茶和包子放茶几上，兩人對坐。

「你要不要坐過來，那裡靠陽台，冷風會漏進來。」

「不用了，我坐這滿好的。」

主人打開音響，聲音調弱，柴可夫斯基第一號降B大調鋼琴協奏曲。他們在一起老是聽這首曲子，或是蕭邦第九號降B小調夜曲，聊安娜卡列尼娜、齊瓦哥醫師、皮埃爾，大概是親人故舊，聽得出他們掛念這些人。他們說現在沒有什麼好音樂，也沒有什麼好小說，好的時代已經過去，雖然他們在那個時代裡無法相守。白阿姨取笑主人什麼，主人只是笑瞇瞇小口小口吃著素包子，我在他們腳邊繞來繞去，他們卻完全忘了我……

「你還有老婆在……我們……這算什麼……我兒子說姆媽你不要面孔，我要面孔……」白阿姨突來的哭泣把我驚醒。她語速很快，但從幾個關鍵詞，我也知道是老話重提，也就是人家常說的「炒冷飯頭」。白阿姨三十二歲的兒子是她的心頭肉，這塊心頭肉目前待業在家，有時幫朋友打打工。白阿姨請主人幫他尋過工作，無奈高不成低不就。

白阿姨一隻手揾淚，另一隻手被主人的兩手包住，「你看你，你看你，我總歸要回去看一下，聖誕節一過就回來了嘛！」

白阿姨甩開主人的手，別過臉去。她的臉上雖然滿布細紋，眼梢下垂，但是挺鼻薄唇，眉眼間一絲孤傲，不難想像年輕時是怎麼樣的一種氣質風度。我覺得如果艾美跟我鬧脾氣，也會是這種模樣的，讓人又畏又憐，千錯萬錯都是我的錯。

主人低聲哄著：「難得見一次，不要不開心……」

白阿姨開口時，聲音都啞了：「講吧，今天講個清爽，你歡喜這裡，還是那裡？」

「哪裡都沒有上海蹲得適意啊！」

「那你怎麼去了那裡？」

「你知道我為什麼去了那裡，你也知道我們為什麼沒能在一起，你以為，我當初能決定什麼？不過就是，就是，連喬治都不如……」

我不知道他們為什麼會提到我，我是土生土長的上海雪納瑞，雖然有德國血統。

「你說在那裡時，心裡牽掛這裡，現在你在這裡，你牽掛那裡嗎？」白阿姨的聲音刮人耳膜。

主人歎了口氣，好像終於接到了白阿姨發的翎子，鄭重把白阿姨的手再拿來，緊緊包在掌心，溫柔地說：「吾只歡喜儂，儂曉得的呀！」

主人這是宣誓效忠，矢志不渝了，但是白阿姨還是眉頭深鎖。

3 書、畫和小徐的遠方

體貼溫柔，這是上海男人的特質，這種男性的溫柔，比女性的更不易得也更暖心。他們就像水一樣，托起了女人這隻船，你看河面，眼睛總被形形色色的船隻吸引，忘了船是行走在水上的。主人常在跟朋友談話裡，不無自豪地這麼說，他說自己有這番體悟，是在走出上海之後。世界哪個角落都不曾見到這樣的男人。

我不知道這話說得是否公允，因為這個世上，我只認識主人這個男人，無從比較。但是相比於我認識的兩個女人，白阿姨和小徐，主人的確溫和沒脾氣。

徐鈺，主人喚她小徐，她稱主人湯老師。一般來說，她來拜訪都是借書還書，然後坐下來開始東拉西扯，身高一米七的她，夏天穿著短褲短裙，兩條白腿晾衣竿似地長得驚人。她特別愛聽主人在國外生活的趣聞，尤其是那些文化差異鬧的笑話。例如，主人剛去美國的時候，有一回到速食店點餐，那時過日子非常節省，快餐最便宜，換成人民幣還是貴，點到飲料，他選了最便宜的一項叫 refill，天知道那是什麼飲料……聽到這裡，小徐已經笑得前仰後合。

小徐去過一次美國，跟男朋友自駕遊，從美國西岸玩到東岸，整整一個月，主人居住的賓州，她也去過，那還是徐媽媽健健康康在跳廣場舞的時代，「歌舞昇平年代」，從媽媽病後，她的日子一百八十度改變，進入「破銅爛鐵時代」。我得先說明，即使以我的聰明，我也得承認小徐比白阿姨難懂。但是，我的主人似乎都能理解，他總是以無比的耐心和些許嘲弄，面對著這麼一個說風就是雨的女人。

小徐是朋友間的美國通，對美國的了解來自伍迪・艾倫電影、翻譯文學、海外論壇和英文報章雜誌。她擁有流利的外語能力，可以盡情翻牆隨意瀏覽，傲然不接受二手知識的餵食。她曾為一些英語片義務翻譯字幕，直到被告知不能再翻。她非常喜歡美國廣袤土地上的潔淨有序，男士的紳士作風，自我調侃的幽默，人跟人之間保持的距離，排隊和禮讓不喧譁，講人權和動物權……當然除了乏味的西餐之外。她沒法到高級餐館大快朵頤，對西餐的體驗就是漢堡、披薩和義大利麵，這些哪能滿足她被上海美食富養的腸胃？

她不能理解為什麼主人放棄美國的家，跑到上海來。主人說是因為想跟老朋友待在一起，葉落歸根。她想想，扯開一絲揶揄的笑：有什麼朋友會這麼吸引你呢？我只想跟陌生人在一起，善良有正義感的陌生人，他們不會來干涉你要怎麼過日子，在美國，父母甚至只是你的朋友。

在小徐的描述下，她一直是個獨立快樂的女性，有夢想而且立刻實踐。她跟第一任男友在商場裡開了個小花店，跟第二任男友經營只有兩張檯子的迷你咖啡館，第三任男友投資她跟閨蜜做手工皮件店，就是跟她一起去美國玩的那個優質男，她開始考慮是要結婚，還是把皮件店擴充開分店……這時徐媽媽病了，肺癌，她放下一切陪著抗癌，治好了，治好了耶！過了一年，癌細胞反撲到了腦。幾年的時光，她跟一個病人囚禁在上海的一所公寓裡，十四層，當初就說這樓層不吉利。

沒有詩了，也沒有遠方，小徐微笑著說。她說起破銅爛鐵時代，總是帶著這樣一種奇特的微笑，死瞪著眼睛。湯老師，現在你這裡就是我的詩和遠方了，我一到你這裡，就又能說人話做人事，就又是從前的我。現在也就英文書看得下去了，她說，這是另外一個世界，跟此時此地沒有半毛錢關係，而且讀的時候要非常專心。

小徐的朋友們都在忙，忙家庭，忙事業，愈來愈多像她這樣的女孩在創業，火力全開，忙得不亦樂乎。只有她拖著一個重病母親，她的心是上海的黃梅天，溼答答，霉糊糊。人人皆有苦，人家的苦是捱著捱著總會漸入佳境，她卻是被拖著朝向死亡。她不能說「等我媽媽好了」就怎樣怎樣。陪媽媽等死，她甚至不敢期待結局盡快到來。

她從不撳鈴，只是在門上輕敲二長三短，像是什麼暗號。我特別期待她的來訪，因為她身上帶著艾美的體香，也因為她是主人之外，唯一懂得怎麼跟我玩的人。記得她初次來借書，臨走時，我亦步亦趨送到門口，她一邊換拖鞋，一邊對我說：怎麼？你好像有話要跟我說，喬治？

我正等她問呢，我大聲叫：下回帶艾美一起來啊！

她微笑，揮手再見。

我記得她上一次來的情景，當然是跟她帶來的月餅有關。主人洋墨水喝多了，篤信狗不能吃人食，只能吃狗糧，而零食對我更沒半點好處。可憐的我，除了雪納瑞專用狗糧和磨牙棒之外，竟從未染指寵物界各種牛肉條雞肉棒，遑論人間美味了。因此，白阿姨的一指鮮奶油，主人不慎掉落的飯粒，還有小徐剝下來給我的月餅皮，我都永誌不忘。

那一次她帶來一盒月餅，並且幫主人解決了一些上網問題。她幫主人裝過翻牆軟件，可以上美國網站，跟那邊保持連繫，但不知為何突然用不了，她幫主人另外裝了一個軟件，要付費的。書房裡的窗簾整個拉開，我躍上椅子看，秋天的日頭照得天地一片明亮，天很藍很高，公寓大樓緊挨著一棟接一棟在曬太陽，小區門口幾棵日本楓樹血紅，馬路上的梧桐葉子金黃。

主人問起一篇文章，是她一個編輯朋友約主人寫的，關於美國精神——現在大家對國外的興趣已經從物質轉向文化了。她有點抱歉地跟主人說，編輯覺得這文章寫得很好，但因為「文學以外的原因」，暫時發不了。

小徐拿了本講美國當代美術的書在看，看到一張畫，凝視良久，長長吁出一口氣，指給主人看。那是陳列在紐約當代藝術美術館的《克麗斯汀娜的世界》，一個女孩倒在麥田裡，望著遠處一間農舍。主人說這個畫家惠氏，作品常以孤絕為主題，他在紐約的美術館看過真跡，因為是賓州一帶的畫家，作品畫的都是那一帶的景色，特別引起他興趣……

小徐恍若未聞，只是一直盯著那畫頁。

主人又說話了，看起來頗享受於在小徐面前表現出的博學多聞，而在白阿姨面前，他總是很低調，笑瞇瞇聽白阿姨家長里短。他問小徐有沒有注意到畫中的女孩是有小兒麻痺的，兩隻腳細瘦無力，無助地倒在那裡，農舍顯得那麼遙遠。

小徐顫聲說她自己也是跛腳了，孤伶伶倒在地裡，那個房子就是她媽媽的公寓，她又想進去又想逃離……她說這些話時，臉色灰白，眼睛神經質地快速眨動，可是主人沒有去拉她的手，也沒有哄她，只是保持沉默站在一旁。後來小徐借了這本書，又回到樓上去了。主人關上門後，轉頭對我說，文學以外的原因，這到底是什麼意思？做了個鬼臉。

主人再一個月就要回美國過節了，要待上一個月才回來。以前主人回美國時，都是小徐和小呂輪流來遛我餵我，澆陽台上的吊蘭、金桂和白蘭花，現在小徐不再出現，主人開始發愁了。

「喬治，小徐已經有一個多月沒來了吧？」主人說，「你說，她是不是出了什麼事？艾美死了，肯定是傷心的，我是不是該去望望她？」

我汪一聲。去看看呀，帶我一起去，我一直想去看看艾美的家，那裡一定充滿了她的味道。

但是主人只是在客廳裡踱步，最後停在書架前，抽了一本書，進廁所去了。

4 我生病而她快要死了

我有兩天吃不下飯了，只喝了點水。主人把我最愛嚼的磨牙棒放在我鼻前，我連嗅它的興致也沒。主人喚我，我努力了半天，還是站不起來。

「可憐的喬治，你怎麼了？」

主人連忙打電話給寵物醫院。我每年都在那裡打預防針，以前也在那裡洗澡剪毛，自從小徐介紹了到府寵物美容服務後，就很少過去了。不是我吹牛，我的身體強健，雖然這兩年跑得沒從前快，除了春天會發皮膚病，長點耳蟎，其他病都沒生過。但現在，我可能真的是病了。

主人放下電話對我說：「那家店竟然關門了，不知道什麼時候的事，我們卡上還有錢！」要是平日，主人一定要把這事查個水落石出，拿到他應拿的退費，說「維護消費者權益」之類的話，但現在他沒心思伸張正義或維護權益，「我怎麼把你弄下樓？出租車恐怕不肯載一隻病狗……」

主人拿出手機，在上頭滑來滑去，終於下定決心，撥通一個電話。「嘉影，是我，喬治生病了，我需要人幫忙帶牠去醫院……」

主人為我破例打電話給白阿姨，我很感激，如果站得起來，我一定會搖著尾巴舔他的手。

也不知道過了多久，突然有人把我抱起。那是個瘦小的陌生男人，穿著起毛球的深藍毛衣，一身菸味，我竟然沒有察覺他來到我們的樓層，我們的家，竟然沒力氣掙脫他的懷抱。主人鎖門，撳電梯，我們三個下到底樓，男人把我放在一輛車的後座，主人陪我一起，手一直放在我的頸脖處，那是他常給我撓癢的地方。男人開車，不久，我就趴在寵物醫院的檢查桌上，等著挨針了。

醫生說要做一些檢查，需要幾個鐘頭的時間，主人說他會陪著我。有他在我身邊，我感到安全，雖然還是一點力氣也沒有，但我努力伸出舌頭舔了他一下。男人說如果還需要幫忙，就跟他媽媽打手機吧。主人一再謝過，男人嘴裡說「不要緊不要緊」，很快走掉了。

「出外靠朋友！」主人感歎，「沒有朋友，獨居大城市裡，真是太可悲了。」

主人有很多老同學呀，不是常聚會吃飯嗎？主人卻不找他們幫忙。有些大事，像買房投資，他一個電話打去，老同學就給他出主意，分享各種經驗，而像帶我看病這種日常小事，卻不好跟他們開口。他說的朋友，到底是什麼樣的關係？是像小徐那樣嗎？我想到小徐白著一張臉站在書架前的樣子。

也許主人跟我想到一塊去了，第二天他就上樓了。我還是很虛弱，吃過藥趴在客廳茶几下，那裡有一塊我專屬的小毯子，是最舒服的角落。

主人回來了，還有小徐。小徐一身酒味，步履不穩，一進來就往沙發上坐倒，以前總是俐落紮起的頭髮，亂糟糟披散著，身上的灰色針織衫有很多油漬，透出食物的氣味。她微微搖晃著身體，好像在暈船，臉上浮著恍惚的笑。她瘦了很多。她也生病了嗎？這就是為什麼她不下樓來嗎？

「在我這裡，你想說什麼就說吧，我要是幫得上忙，一定盡力。」

「你幫不了的，沒有人能幫得了，只有我自己，只有我。」小徐可憐兮兮地說，拉著主人的袖口，像個小女孩似地，「我以為不會再更壞了，咬咬牙，畢竟是自己的媽媽，從小母女相依為命，但現在，她不認得我了，我成了陌生人，湯老師，我沒辦法，真的，沒法接受……」

「她不認得你了？」

「不認得了，完全認不出我是誰。」小徐帶著哭聲說，「就在剛才，你不也聽到她喊我姆媽？」

主人在她身邊坐下，小徐靠到他肩頭哭起來。主人有點慌，輕輕拍她的背，「不哭哦，小徐，有什麼我幫得上忙的……」

「我真的覺得自己死了，快死了，我媽看我就是個陌生人，要不就是另外一個跳出來在她腦袋裡的人，她的眼神讓我頭皮發麻，」小徐緊緊抱住主人的臂膀像抓住大海上的浮木，「我跟她綁在一起，從早到晚，我得為她負責。我沒有生活了，人生被截斷了，然後，我還覺得自己不好、不孝……」

「別這麼說，你已經做了你所能做的。」

小徐瞪著主人，「湯老師，你有辦法愛一個不記得你的人嗎？」

「嗯，這個，」主人迴避她的眼光，「自己的媽媽嘛，總歸是愛的。」

小徐突然哈哈大笑，笑得我都想鑽出茶几，遠遠地躲起來。「我不能，我不能愛一個忘記女兒的媽媽，我只能同情她、憐憫她，但同時，我更同情自己、憐憫自己。你說，我們不背叛，是因為愛，還是因為愧疚？」

主人沉默不語。我說過，小徐是很難懂的，但是以前主人總是吃得住她。大概對一個有酒意的人，很難用一般的邏輯去理解吧？他們愛說什麼就說什麼，一點也不在乎別人的感受。

小徐突然一下子捧住主人的臉，咬住主人的嘴巴不放。我急了，努力站起來喝斥，但我的聲音太微弱，嚇不到她，我也沒有足夠的力氣撲上去，只能乾著急。

主人起先搖著頭想擺脫她，但小徐身高一米七跟男人差不多，她發狠勁抱住，主人怎麼也甩不開，後來主人的雙手軟軟放在她腰背上，任她咬著，不再掙扎了。不久，我聽到主人的喘息聲愈來愈粗重，我心裡愈來愈害怕，是時候了，這就是考驗忠誠的時候，當主人需要我時，我哪怕再怎麼頭昏眼花四肢無力，也得去救他。就在我終於從茶几下搖搖晃晃出來，走到他們的腳前，準備往小徐的腿上咬下去時，他們兩人分開了。兩個人都紅著臉喘著氣，但看起來，主人脫離危險了。

他們兩個都不說話，也不看對方。我又回到茶几下，剛才的緊張讓我更虛弱了。

小徐說話了，「現在你懂了吧？這就是我感受到的，我快死了，可是我又那麼想活著。」

主人也說話了，「那個，咳，小徐，你不會死的，你還年輕，時候未到。」

「我想過，死，我想過主動去迎接它，而不是被動等待。」她站了起來，「湯老師，謝謝你，謝謝你來看我，聽我說話。」

小徐走了。她就像狂風暴雨襲捲大地，離開時把我們的能量全吸光，我跟主人累得動彈不得，直到夜幕低垂。

5 夜半囈語和我的第一次

小區裡的樹木葉子變紅變黃，一片片飄落，落在地上成了腐爛前的暗褐色，我從上頭踩踏過去時，它們沙沙呻吟。清潔工握著竹掃帚邊掃邊嘟噥，從草地裡刷刷刷用力耙出落葉，跟小路上的掃成一堆。地面變得冷硬，每下一次雨，天氣就更冷。「春捂秋凍」，主人說，春天轉暖時要提防倒春寒，衣服不急著脫，秋天變涼時還有秋老虎，不急著添衣，這是上海人過日子的經驗談。但現在還是秋天，主人一起床就打開中央空調的暖氣，睡前才關。他似乎比往年怕冷，而且身上有種像腐敗落葉的氣味。

我的病好了，可是我再也沒法像從前那樣酣睡。從前我只要找個靠牆的角落趴下，頭舒服地枕在前腳，或者側身躺倒，下一分鐘就甜蜜入睡。主人說我會打呼嚕，夢裡跟別的狗爭骨頭。我不記得作過這樣的夢，只記得我總是在聽到某種聲響時醒來，腳步聲、主人呼喚、雷電轟隆，以前還有外頭的喇叭或鞭炮，現在這種聲響近乎絕跡了，主人說上海已經是禁鳴喇叭、禁放鞭炮的文明城市了。

我能馬上進入警戒，但是如果四周沒有異常，回頭馬上又睡著，像開關一樣。主人很羨慕我這種本事，他說年紀大了就難安睡，睡著了容易醒來。或許我也老了，這陣子以來，我總在半夜時分醒來。

醒來時，我所在的客廳一片昏暗，屋裡沒開燈，但是馬路上的路燈和一些終夜不滅的牌招，甚至是天上的明月，投進來一些亮光，一種檸檬的青黃，就像半醒半睡時見到的朦朧世界。我寧願沒有這些外頭的光照進來，因為它讓這個客廳有了各種影子，有的深有的淺，有的還會抽長變形。沙發上那個抱枕，看起來就像艾美，她趴在那裡，下一刻就會跳下來跑掉。書架旁的立燈，像一個瘦削的女人，低頭站在那裡，她的人生已經被截斷了。餐桌椅上搭的外套，是一個人伏在桌上，她已老去並且不再相信任何誓言。我大氣不敢出一聲，怕她們知道我醒了。

但是有的聲音卻肆無忌憚。我貼靠的牆成了傳聲筒揚聲器，傳來世界的耳語。有人在說夢話，斷斷續續，咂著嘴巴磨牙吞口水……不愛就是不愛了，我能怎麼辦……主任，你這是柿子撿軟的捏……你不試試，怎麼知道我不如他……這東西寄到時就散架了，你還有理……我為了你做這麼多，你就這樣報答我……有人在哭。有人在罵。媽！有人在叫喚。你是誰，怎麼在我家？我女兒呢？

它們是白天裡沒敢說出的下半句，是苦笑假笑後的真意，和著淚水嚥下，在五臟六腑裡興作風浪捲起聲流，聲流像雨水般淅淅瀝瀝，溯牆縫如藤蔓般蜿蜒，沒有市聲電視音樂腳步聲去掩護遮蓋，它們赤裸裸地沿著牆壁傳到我的耳朵。破碎的語句，破碎的夢境，不記得內容，只記得曾經擁有和失去。驚歎悵惘，不請自來，如麻雀斂翅停駐椅背，如蝙蝠倒掛天花板，伴隨的歎息和呻吟是更細小的碎片，蚊蚋般在室內飛飛停停，發出令人心煩的嗡嗚。

我的耳朵不同於主人的。有些聲音他怎麼也聽不到，卻清清楚楚鑽進我耳裡。當我半夜醒來，那一波波刺耳或淒惻的聲浪，折磨著我這隻八歲的雪納瑞，正在或已經老去的喬治大叔。直到東方透出一絲魚肚白，鳥兒飛上樹梢鳴叫，聲音消失了，我才又進入夢鄉……

「喬治，你還在睡？」

我睜開眼睛，主人手拿狗繩站在我面前。「你真的是老了啊，耳朵都不靈了。」主人誇張地搖頭。

怎麼不靈？就是太靈才睡不好嘛。我有點委屈地探手拉腳伸了個懶腰。

不管怎麼樣，我喜歡出門。我們小區有十二棟南北向的大樓，乳白色的樓面，白框的鋁門和鋁窗，陽台欄杆生著鐵鏽，牆上安著長方形的空調機，少數幾家還有傘狀的衛星接收器。這種灰傘曾經家家戶戶都有，用來收看外國電視節目。有一天，外頭乒乒乓乓一陣響，有人從頂樓吊鋼索下來，把灰傘一個個敲掉。主人湊近窗口，有人探頭出來，或站在陽台上張望，沒有人說什麼。後來大家都在互聯網上看外國的新聞、電視電影、球類轉播和歌唱舞蹈比賽，那些常塞進我們信箱的安裝衛星天線廣告不見了。主人說，現在很多節目又看不到了。我不知道是不是也有人在互聯網上垂下吊索，拿了棒棍一陣亂打。

我對這些大樓不感興趣。我很少抬頭仰望什麼，除了看我的主人，其他時候都是一門心思低頭嗅聞狗族的味道，他們的屎尿，如果有小母狗的氣味，那更叫我興奮莫名。氣味，它有時比本尊更讓我著迷。

小區的綠地林木扶疏，四時花開，草地上可以盡情奔跑，我喜歡鑽到八角金葵和繡球花叢裡去嚇野貓。鞦韆架和溜滑梯附近總是有很多抱奶娃的阿姨，比較著所帶養孩子的生長進度和能力，就跟主人也會跟其他狗主交換心得一樣：吃什麼狗糧，有沒有給人食，大小便訓練好了？鬍子變黃怎麼辦？毛色怎麼保持，蟲藥和預防針……旁邊的運動器械上，一個老人踩在步行鞦韆架上，兩隻腳前後擺動像在走路，他面無表情走著像提線木偶，突然頭一偏，一口痰吐出幾步遠，主人牽著我的繩緊了緊，把我帶往另一個方向。

一隻花貓從草叢裡箭般射出，輕巧停在了用粗繩結成的索網前，這面網由兩根鐵柱固定，常看到小孩子在上頭攀爬。順著花貓的眼光，我跟主人都看到在網子的最上面，停了一隻色彩斑斕的鳥，那鳥一動不動直視前方。「是鸚鵡啊，是誰家的鸚鵡飛出來了？這裡可不是澳洲，那裡的鸚鵡就跟我們的麻雀一樣。」

小時候，我對麻雀挺有興趣，當牠們停在草地上啄食時，我會像這隻花貓一樣飛奔上前，每一次都差那麼一點點。現在我跑不動了，對非我族類也不再感興趣。

花貓的長尾巴在地上掃來掃去，像身後藏了根棍棒，準備突襲。那面網實在太高了，我是不會輕易嘗試的，摔下來就要吃屎了。可是花貓的眼睛賊亮，盯住了鸚鵡，似乎志在必得，看來牠有本事一躍而上。但是鳥有翅膀呀，只要牠離了這面網，誰抓得到？鸚鵡依舊一動不動站在那裡，似乎一無所覺，又似乎洞悉一切，我看不明白眼前到底是爾虞我詐的貓鳥對峙，或只是相互逗弄消磨時光的遊戲。

「真有趣，對吧，喬治？」主人哈哈笑起來，「小時候，我就喜歡看金龜子、天牛、蚱蜢、大螞蟻、蝸牛，什麼都喜歡看，蹲在地上看半天，什麼貓啊狗啊鳥啊兔子，都好看都喜歡，後來，不看了，只看人，看到現在，人我是不想看了，還是喜歡看牠們。」

什麼不想看人，不是老盯著白阿姨笑瞇瞇地看嗎？

主人低頭看我，「喬治，我，這輩子就是這樣了，不再去想那些做錯的、來不及和沒勇氣做的……」

行經籃球場，裡頭有幾個孩子在打球，他們大聲叫著，講的是英文。主人側耳聽了一會兒，那異國的語言，似乎勾起他某種回憶，但他沒有多逗留。

小區住了很多髮色各異的外國人，黑髮黃膚的孩子有的也講英文，他們的父母跟主人一樣曾經長住國外。小徐跟主人討論過，這些隨父母回到上海的孩子，讀美國學校和國際學校，為的是以後要回到美國去，雖然住在中國多年，中文卻說得很「推板」。中文還是他們父母的母語呢！因為英文是更高等的國際語言嗎？小徐連珠砲地問，回到美國，同學們接受他們是美國人嗎？萬一中文講不好，英文也有口音呢？主人說人要是能放開一點，目的性不要那麼強就好了，人生沒什麼，就是一個旅程，隨性隨意，很快也就走到頭了……他們繼續討論，我忘了結論是什麼。

我有時興致高昂走在主人前面，有時拖拖拉拉走在後頭。上回有隻柴犬告訴我，他的日本主人要求他只能走在主人的身後，尊卑有序。走在主人前面的我，和走在後頭的我，難道不是同一隻雪納瑞嗎？我真想跟主人請教這個問題。

我們來到小區的北邊，這裡有個金魚池，幾個大人帶著小孩在看金魚，一個穿棉襖戴毛線帽的小娃，搖搖晃晃往前走，後面跟著像奶奶的嘴裡一直喊著當心，當心跌倒了。我一靠近，奶奶連忙一個箭步過來抱起孫子，她看看威嚴的主人，嘴裡說汪汪，是可愛的汪汪，身子害怕地往後縮，讓我們過去了。

面前出現了一個穿短褲的小男孩，這種天氣穿短褲或是短裙加褲襪的，也只有日本小孩了。日本很冷，他們訓練小孩不畏寒。男孩用普通話問主人，我可以摸牠嗎？主人說可以，你輕輕摸牠的背。我其實不喜歡陌生人摸我，但主人既然同意了，我只好耐住性子讓那小孩摸，他的媽媽在兩步路外有點抱歉似地微笑著，好像在說：不好意思，打擾了。

依照平日的路線，接下來就要往桂花樹那邊拐去，主人卻另有想法。他把我往另一頭拉，我前腳使勁抵住，汪汪兩聲，頭往另一頭示意，主人笑了。「喬治，你在這個地方溜了七八年，成了井底之蛙了，這不怪你，怪我太想保護你，也怪我懶。其實，我早該安排讓你有女朋友的，生一窩小喬治不是挺好的嘛，自從你生了場大病……不說了，我們走！」

我尾隨主人，走到了小區的大門。大門有一個出口一個入口，車子由此進出，兩邊都有警衛亭。主人牽著我走出大門，停在馬路邊的人行紅磚道，枯爪般的落葉鋪地。眼前是我從未踏上的大馬路，車子停停走走來來去去，轟隆聲像風一會兒颳得緊，一會兒停，我不由得心跳加快。一輛電瓶車刷地擦身而過，車尾有個保溫箱，發出食物的香味。那邊還有個黃魚車，車上堆滿大大小小紙箱，我認出那是常送到我們大樓來的那種箱子。主人帶我往前走，沿著紅磚道，我嗅聞著這所有一切，激動地撒了幾滴尿。

主人牽著我，左顧右盼，也像頭一回見到般發出各種喟歎，「喬治你說，如果人跟人之間沒有信任可言了，為什麼這些人會緊挨著車子走呢？那對司機要有多大的信任啊……」我沒留意主人說什麼，因為密集出現的形體、色彩和線條以及陌生的味道，讓我頭昏眼花打起了噴嚏。

主人帶我繞小區的外圍一圈，經過公園和商鋪，有許多氣味我辨識不出，還有幾個我沒見過的同類，他們眼光中帶著鄙夷：鄉巴佬！原來外面的世界這麼不一樣，而我住在高牆的那一頭，從外面看不到裡頭有月季園有鞦韆架，看不到我們那棟大樓，看不到我們的陽台，陽台上的花草，屋子裡頭我的食盆水盆，我的小毯子，我的玩具，我所熟悉的一切。我突然膽怯起來，撒腿拚命往前，拉著主人往大門，往我們的家跑去。

進門時，主人氣喘吁吁，我也吐著舌頭直哈氣，他說：「怎麼樣，開洋葷了？以後我們常出小區去遛，好不好？」

6 裁縫鋪和生意經

我在廁所裡聞來嗅去，這是主人臥室裡的廁所，歸他專用。進門處有個客衛，是我雨雪天上廁所的地方。主人的廁所，向來只有他的味道，可是現在多了一種異味。完了，我想，除了夜半的聲音，現在連陌生的氣味也入侵我們的領土了。我汪汪叫起來。

主人無精打采出現在門口。他最近睡得很多，白天常在沙發上就盹著了。

「你在這裡做啥？」主人打量我。

我嗅著牆角，那裡有一灘水，水正從天花板沿著牆壁往下滴，我汪汪叫著，天花板上有兩三處水漬，水正在一滴滴落下，滴在主人的毛巾和浴袍，滴在牆上的小書架，上面有幾本主人上廁所喜歡翻看的書。

主人打電話給物業，物業答應派人到樓上查看。其實主人也可以上樓看一下的，但自從上回被小徐咬了以後，他餘悸猶存，小徐也沒再下樓來。到了下午，有人敲門，身穿深藍色制服，挎個工具包。他告訴主人，樓上浴室排水管有問題，排水管要修，我們的天花板也要換，我們可以自己找人修，也可以由物業修，但是物業現在活多，最快也要三個禮拜後，修理費樓上住客會負責。主人說，算了算了，我自己找人修修，用不了太多錢的。

隔天白阿姨來訪。她一聽這事，便說主人是個「戇大」，明明是樓上的問題，不找他們賠償就很好了，竟然要自己花鈔票。她似乎很懂這些裝修什麼的價錢，給主人算了一筆帳，又說：「你天花板沒拆開來看，搞不好裡頭問題大得很呢！」

主人聽了面有難色。「這個，樓上鄰居是個小姑娘，一個人照顧生病的媽媽不容易，為了這點小事還要去跟她……」

「啥小姑娘，沒聽你講過呀？」

估計主人覺得被個小姑娘抱著咬很丟人，吞吞吐吐交代不清楚。白阿姨沒追問，只是去打開冰箱，看還有兩個水梨，洗淨削皮切塊，端到桌上，跟主人一人一根叉子吃起來。小指微翹，細嚼慢嚥，白阿姨吃東西的模樣很秀氣，尤其是主人盯著她看的時候。吃著吃著，兩人相視一笑，不知同時又想起了什麼往事。

白阿姨今天穿件收腰的細絨洋裝，圓領，前排扣，暗紫色的面料上有小白花，顯得文雅嫻靜。主人含笑看著，「你自己做的？」白阿姨笑，「有客人拿了樣子來做，我覺得滿好的，自己也做了一件，不過那客人做的是珊瑚色，顏色比這個要跳。」

「這個好看。」

白阿姨笑了。她原來有幾顆牙壞了，跟主人重逢後，主人特別讓她去一家以外國人為主要服務對象的牙科診所修補，白阿姨也就不再一笑就掩口了。

白阿姨很少提及在市場的那個小鋪。市場不遠，走路也就十五分鐘，白阿姨的高氏裁縫店已經開了二十幾年，她的手藝是愛人高師傅手把手教出來的，一開始當下手幫忙，車邊熨燙縫扣子開單收錢，做點簡單的活，她的文化水平較高，也知道什麼美什麼不美，慢慢地就從設計量身剪裁到縫製，獨當一面了。在市場裡，人人都喊她白姊，她做的也多是熟人的活兒，有的客人從小姑娘做到了當媽媽。這批老客人做完，以後估計也沒什麼人要做衣服了，她曾這麼跟主人感歎。你也該休息了，辛苦了一輩子，主人這麼說。白阿姨聽了只是歎氣。主人知道她煩惱在家啃老的兒子，沒有婚房，談了幾個對象都沒成。

當初主人會把房子買在這裡，就是圖個方便去市場偷看白阿姨。那時白阿姨還不願意見他。裁縫店在市場邊角，牆上掛著一件件成品，寬大的裙幅肥短的褲管，真實世界裡絕大多數中老年人的尺碼。主人遠遠站在雜貨鋪邊，從垂掛的掃帚鍋盆和尼龍袋縫隙偷瞄，看白阿姨坐在小鋪前，跟客人說話，展開一幅面料，或是背過身去踩縫紉機。站得太久，雜貨店老闆問了他好幾趟買什麼，最後主人學乖了，一去就先買點什麼，刷子抹布或是拖鞋，然後拿出手機滑，老闆就不來打擾了。白阿姨在店裡忙碌，眼睛從來不往雜貨鋪這裡看，但是她頭上的白髮不見了，嘴上塗了潤唇膏，顴骨上的曬斑也淡了，氣色竟是愈來愈好。

兩年後，主人西裝革履，攜了一塊在淮海路「真絲大王」精挑細選的面料進了裁縫鋪。白阿姨初見故人並不驚詫，攤開面料，只見幽幽湖綠底色上漩著珍珠白水紋，有的水紋小，有的水紋盪開去不知所止。她問：要做件啥？主人吶吶回答：做件旗袍。白阿姨翻來覆去欣賞手中的面料說：這年頭還有什麼穿旗袍的場合，不如做件連衣裙吧。主人忙點頭：連衣裙好，就依你的尺碼做。白阿姨讓面料從手中滑下，轉頭看主人，主人額頭冒汗也捨不得移開眼光。最終白阿姨寫了個取件單，塞到主人手裡，揮手示意他離開。單子上寫的是她的手機號。

白阿姨一直是小菜場裡的一朵花，她的文化水平高，氣質跟他人不同，那些賣肉賣魚賣蔬菜水果的男人，不管單身還是帶眷，常是半買半送給她最肥的帶魚、最好的豬肘子、最新鮮的草莓、新剝的蠶豆和剛上市的冬筍，白阿姨表達謝意的方式就是瞇眼一笑。傳出有個海歸教授在追求她後，在眾人眼裡，她更加神祕而高不可攀了……

這一段是白阿姨跟主人興起就要說起的，除此之外，裁縫店的生意好壞，客人挑剔與否，攤販之間有沒有擠兌和矛盾……主人問起，她總是說，這些有啥好講的呀？

吃了梨，白阿姨又進廚房去，說給主人做個燕蛋。「看你氣色不太好，下回給你燉隻老母雞，加黨參紅棗黃耆枸杞，鮮得來眉毛落脫了。」

蛋進鍋去蒸了，白阿姨過來傍著主人坐。「上回被老同學騙去投資那個什麼茶的，結果竹籃打水，本錢都賠光了，記得吧？」

「人家也不見得是騙我，運道不好吧。」

「你呀，從國外回來的洋盤，不曉得外頭騙子不要太多哦，尤其是一些年輕女人，專門騙有錢的海歸老頭。」

「你不要擔心，我自己曉得的。」

「人生就是筆生意經，有時你虧欠別人，有時別人虧欠你。算盤打打，收支總要打平才好吧。」白阿姨語氣有點凌厲，卻又像是嘲弄。

「那感情呢？也是生意經？」主人調侃她。

白阿姨不語，進廚房去了。這時有人扣門，兩長三短。主人有一秒鐘的慌張，我立刻感覺到了，忍不住汪了一聲。

白阿姨出來探看，看到小徐，兩個人都一愣。

「小徐，進來進來。」主人恢復鎮靜。「這是樓上的鄰居小徐，這是白，白老師。」

穿牛仔褲和過膝長毛衣的小徐，熟門熟路從櫃子裡取拖鞋換上，走了進來，白阿姨微笑，瞇細了眼打量。

小徐先跟主人道歉，媽媽不知何時開水龍頭洗手，沒關上，水流了一地，她出去郵局領掛號信，稿費的匯票，有的出版社就是沒法直接轉帳，回來後也沒及時發現，忙著煮飯餵飯，等要送媽媽上床睡午覺時才看到一片汪洋……小徐的眼睛紅通通的，臉色像大樓的灰牆，兩隻手神經質地互絞著。

「坐啊，徐小姐，要喝點什麼嗎？老湯這裡要什麼沒什麼的。」白阿姨像個主人般招呼起客人。

小徐看一眼白阿姨，沒頭沒腦說了一句，「曉得了。」

主人讓白阿姨也坐下，三人落坐在餐桌邊。「小徐，漏水不是什麼大問題，我也沒什麼損失，自己找人來修修就好了。」

「那怎麼行呢？應該我來負責。」

「你也夠忙的，這事就不用掛心了吧。」

「老湯就是個老好人，」白阿姨插嘴了，「你要不要先去浴室看看，有股臭味呢。」

「算了算了。」主人說。

白阿姨笑笑。

小徐說：「這樣吧，湯老師您自己找人來修，多少錢我再給您。」

主人還想說什麼，小徐截斷他，「我倒是想拜託您一件事，您不是有朋友在醫界，還有人投資養老這一塊的嗎？我想問問，是不是可以介紹有受過專門訓練的人來幫幫我，一個禮拜幾天都行。」

小徐走後，白阿姨說話了：「看來她媽媽很糊塗了，忘了關水，搞得我們淹水，要是忘了關火呢？攤上這種鄰居，也是倒楣。」

「鄰居不好選的，住在這種公寓大樓，鄰居換來換去，見面也不打招呼的，怎麼選？」

「你這房子保了火險嗎？」白阿姨問，還問了一些關於房子的事，看來她對這裡的房價很清楚。「你當初要是貸款多買一套就好了。」

「我就是個退休的老人，沒有工作戶口身分證，怎麼貸款？再說，我就一個人，要兩套房子做啥？」

聽主人語氣有點不耐煩，白阿姨便不再說。禮拜三通常要吃了晚飯才走，白阿姨去淘米洗菜，準備妥當，到飯點下油鍋炒一下，配上蒸蛋和阿姨買的燒雞也就可以了，兩個人都吃得不多。出了廚房，看到主人歪在沙發上睡著了，嘴巴半開。

「哪能睏著了？」她過去給主人身上蓋條毯子，自己坐在椅子上看著他，良久，歎了口氣。我也長吁了口氣趴下，天色已經昏暗，主人還沒帶我出去遛呢！

7 被最愛的人背叛

過去幾天，主人常在講電話，有幾通還是英文。我不知道他跟誰講話，但主人臉色蒼白，氣息短促，身上冒冷汗，他的手常捂著肚子，有時還要吞點藥片緩緩。我們每天還是出門，只是腳程縮短了，往常要走三圈，現在只走一圈。

一大早，白阿姨就來了。

「走吧，車子在下面等著，病歷、證件和卡都帶著。」

「病歷我的醫生已經傳過去了，直接過去就好。」

白阿姨背著鼓鼓的包，裡頭估計都是看病要用的東西。她給主人取了件厚外套，「醫院裡很冷的。」她眼光四處梭巡，想著是不是遺忘了什麼，看到了我。

「狗怎麼辦？今天要是能回來，也很晚了。」

「我託了小徐，也給了她鑰匙。」

門關上了。

我聽著電梯門開，電梯往下，心也跟著下沉。主人……隨著年紀老大，我愈來愈不能忍受跟主人分離。每次他出門，我總要哼幾聲，叮嚀他早點回來。

他一進門，我便快步上前歡迎，雖然不像小時候那樣狂跳狂吠，但看著他的眼光只有更加深情，尾巴搖得分外熱情。最近主人也對我更加憐惜了，他讀書看報時，如果我趴在他腳邊，他一定會用腳蹭蹭我，不時跟我說說話。

我趴在門口等待，等待是我的美德，僅次於忠誠。

不知道等了多久。我在客衛撒了泡尿，嗅了嗅空空如也的食盆，又到主人浴室去查看是否還有別的陌生物入侵，聲音、氣味或其他。我想到昨天半夜醒來，聽到的竟是主人在說話。他說，復發、復發了……說了幾句英文，又叫著白阿姨的名字，嘉影，吾對不起儂……

那時我睜開眼睛，看到艾美臥在沙發上。心電感應下，她轉過頭來看我。狗族不是靠語言溝通的，我們的叫聲只能傳遞簡單直捷的訊息：滾開，歡迎，這是我的。其他更複雜的事要靠氣味和心電感應，我們趴在那裡狀似睡覺，其實交流得正歡呢。

艾美，你是怎麼掉到浴缸裡去的呢？

我的心碎了。

怎麼這時候還不好好回答我的問題？你總是看不起我。

我的心碎了，你這個笨蛋。

親愛的，別生氣，生氣傷身，雖然現在對你也沒什麼影響了。你能回來嗎？

我想念你。

你沒有在聽我說話！

我當然有，你說、你說你心碎了，為什麼呢？

因為我被所愛的人背叛了。

啊！我聽說這是最大的痛苦。

你總算說了句狗話。別再想我了，好好過你的日子吧。

艾美……

沙發上只有一個抱枕。我可愛的艾美啊！

正在胡思亂想時，有人插進鑰匙轉動門把。

「喬治，我來帶你出去放風。」

小徐嘴裡這麼說著，卻習慣性地走向那個落地大書架。她看著架上的書，長長歎了口氣。「我好想你啊！」她誇張地張開手臂，做出要擁抱書架的模樣。

「這裡是天堂，差不多是，跟我那裡比起來，什麼地方都是天堂。」

小徐開始翻書，好像忘了她來的目的，我急得在她腳邊轉，終於她注意到我了。「喬治，你是不是知道他所有的祕密呢？很多不能跟別人說又必須一吐為快的話，都說給你聽了對吧？」

她蹲下來看著我的眼睛，看著看著，突然淚花湧進眼裡，往地上抱腿一坐，頭伏在腿上抽泣起來。她哭起來很任性，哭夠了，溼臉在褲子上蹭蹭，抬頭看我，「你都知道是嗎？你的眼神和艾美的一模一樣，充滿信賴、忠誠……」

她抱住我的脖子，跟我臉貼臉。我不習慣跟人貼著臉，主人從來不會這樣，他總是很莊重的，這個小徐，會咬人還會貼臉。她是不是也常跟艾美貼臉呢？想到這裡，我就站著不動，讓她繼續貼著我的臉。

「我不知道那是怎麼發生的。」她耳語，「我在幫媽媽放洗澡水，她已經第三次把褲子弄髒了，還不穿紙尿布，我好累，她罵我，推我，不知道我是誰，我也罵她，打她，兩個人都在尖叫，我覺得她好可憐，好可恨，我也好可憐，好可恨，我想毀滅一切，我，我，一定是瘋了……」

晚上，主人回來了。他虛弱地拍拍我的頭，白阿姨給了我狗糧和清水。主人對她說：「你也累了一天，回去吧，過兩天我們再商量。」

「美國那邊？」

「明天再說吧，機票本來也都訂好了，過兩個禮拜就走，那邊醫院什麼的，秀芝會先安排好。」

這還是主人第一次提到這個名字。

「你什麼時候，再回來？」

主人不語。

「不會，就不回來了吧？」

「醫生如果准許，我一定回來，這次進醫院，還不知道有沒有當年的運氣。」

主人把白阿姨的手包在自己手掌裡，每次白阿姨不高興時，主人總是這樣的。白阿姨低聲抽泣起來。

「別難過了，生死有命，說起來，我感謝這個病，八年前要不是它，我怎麼會有勇氣回來找你？當年我跟自己說，如果能過這一關，接下來的日子，我要為自己活。」主人也哽咽了。

我在旁也嗚嗚哼起來，感覺到離別就在眼前。

8 等待的結束和開始

艾美的死因讓我一想起來就毛骨悚然。主人應該保護我們，而我們報之以忠誠，現在主人都能傷害我們，還有誰可以信賴？

我想到，主人也曾信誓旦旦對我說，只要你活著，我就不會離開的。可是，主人已經整理好行李，交代小呂和小徐照顧我，半年，他這麼說，半年後，我如果不能回來，再作安排。

他打電話跟關係特別好的幾個老同學辭行，有幾位還趕來家裡探望。其中有個老同學是他跟白阿姨的舊友，多虧了他，主人才能順利找到白阿姨，並買下這間公寓。主人對他說起這公寓的安排，說萬一回不來，房子就是白阿姨的了。他也跟小徐說到我，萬一他回不來，白阿姨會代替他照顧我。

白阿姨告訴主人，不用等半年，她現在就搬進來，看房子，看狗。裁縫鋪客人愈來愈少，索性收掉不做了，她現在住的小公寓，重新裝修，備下當兒子的婚房，讓兒子加把勁，爭取明年娶媳婦。

主人聽了就笑了，說：你終於改變心意了，早讓你搬過來，早讓你把那裁縫店關了，一門心思跟我過日子，你總是有那麼多顧忌。到我們這年齡，能再相聚多麼不容易，還管別人說什麼？

白阿姨說：我不管別人，就是兒子那裡搞不定。現在給他挪了一間婚房出來，他不點頭也不行了。裝修期間，他就來這裡住，書房客廳打打地鋪，你放心，等你回來，他不會住在這裡的，這裡，就是我們的家，我們和你的寶貝狗。

白阿姨從來沒叫過我的名字。她不喜歡狗，這個我很確定，主人卻把我託付給她。

白阿姨幾天來血壓升高，頭疼不適，主人不讓她送行，兩人爭執了一番，最後決定讓她兒子送。

主人是早上離開的。他吃過白阿姨給他熬的排骨稀飯，就著一碟四喜烤麩，完了還喝了杯咖啡。不中不西，白阿姨笑他。他說：「我早就是不中不西了，只要別不三不四就好了。」

他們輕鬆說笑，可是只要一背過身去，兩人臉上都是垮的。

約好的送機專車到了，行李拖出來放在門口，這時一個男人出現了，幫忙把行李拿到樓下。樓道裡濃濃的菸味，可能男人在門外等了一段時間，在這菸味的掩蓋下，我還是聞到他身上的氣味，讓我想到了針頭、強光、絞痛、嘔吐，想到了寵物醫院。

白阿姨眼淚流了下來，跟主人緊緊擁抱。

主人困難地彎下腰來摸我的頭，我的鬍子，我的長嘴，我反覆舔著他的手心和手背。「喬治，我的喬治啊，謝謝你這麼多年來的陪伴，再會了，有緣會再相見的。」

大門碰一聲關上，我再怎麼拚命抓門和嚎叫，主人也不回來了。

白阿姨突然間洩了氣，原來一直撐著的架子垮下來，整個人縮小了，縮成一個小老太婆，拖著腳步往前走了幾步，癱倒在沙發上，兩腿叉開，再沒有一絲一毫的秀雅和矜持。

我感覺白阿姨變成了另一個人。這個人，比較像裁縫鋪的那個她。

第二次出小區放風時，主人就把我帶到了那個小菜場。你簡直無法想像那個地方有多少氣味，這些氣味都跟食物有關。白燈亮晃晃照著連綿不盡一攤又攤的蔬果魚肉，人影幢幢，語聲高亢，我聽過主人跟小徐談到「異國風情」，想必這就是。地上溼黏，我舉步猶疑，全身簌簌發抖。幾隻野貓冷漠地盯著我，驕傲地豎起長尾巴，像高舉屬地的旗幟。主人在雜貨鋪前停步。他說：喬治buddy，我好久沒來這裡了，這裡就是白阿姨工作的地方，我們偷偷在這裡瞧瞧她。

我看到了白阿姨。她穿著一件醬紫色的舊棉服，頭髮用個皮筋束起，正跟一個男人在說什麼，她說話的神情很輕鬆，甚至是放恣，那男人背對我們，高個子，頭髮又黑又厚，有點駝背，白阿姨說著說著，伸手便打了那男人一記。我感到主人拉繩的手一緊。男人走掉了，白阿姨坐下來，檯子上有個「愛拍的」，是主人送她的生日禮物。她盯著「愛拍的」不知在看什麼劇，面無表情，臉肉鬆弛，就跟這個小菜場裡其他的女人一樣，既沒有特別醜，也沒有特別美。

白阿姨躺在沙發上一動不動，好像睡著了。太陽躲到雲後頭去，屋裡開始冷起來，不知過了多久，有人撳門鈴，她又拖著腳步去開門。

「走了？」

「走了。」白阿姨的兒子笑，「老頭走了，現在這房子是我們的了！」

「他可能還會回來。」

「六個月治不好末期的癌症。」他長歎一口氣，又笑了，「六年，等了整整六年！」

「別說了。」白阿姨皺眉頭。

「你難道不開心？以前你老跟我說，老頭怎麼負心怎麼可恨，害得你嫁給我老爸，一輩子替人做衣裳。後來他回來，你不願見他，我跟你說，老頭肯定手頭有錢，回來贖罪的，就讓他賠償對你的虧欠嘛，你才跟他見了面……」

「別說了，說這些做啥？」

「你一個月見他兩次，吊足他的胃口，他也吃你這套。你們老一輩的想法，我真搞不懂，像我們，拗斷就是分分鐘的事，沒什麼感情值得這樣傻等，一等六年。」

「六年，你以為六年有多長？一眨眼就過去，一輩子也是，一眨眼就過去。」白阿姨拉開餐桌椅坐下，看著眼前笑逐顏開的兒子，「你還是趕緊尋個對象吧！」

「有錢還怕討不到老婆？這房子有六、七百萬吧？」他到廚房去，一會兒端出一碗涼掉的排骨稀飯，站著就吃起來。

「微波爐裡轉一下好吃。」

「不用了。你對這老頭也夠好的，每次來都特別打扮，帶東西。姆媽，還真看不出你有演戲天分。」

「我演什麼戲？」白阿姨聲音提高了，「你根本不知道姆媽以前是什麼樣的。」

「好好好，你有文化，嫁給阿拉爸爸委屈你了。」他啃著排骨，「我提醒你哦，不要假戲真做，老頭回他家去了，再怎麼樣，他也是有老婆孩子的，當初如果不是看他有這房子，我會讓自己的媽媽做這種事？」

「你管自己就好，還想管到我頭上？」白阿姨斥道，「當初是我自己要跟他見面的，我們也沒做什麼見不得人的事，一個月兩次，敘敘舊喝喝茶，給他煮一頓飯……」白阿姨的聲音低下去了。

「依我看，趕緊把這房子賣了，我可以跟朋友做投資，還要買輛車。」

「你個小赤佬，賣什麼房子，我們那套房給你當婚房，以後你也不必養我，多少寫意！」

我汪汪抗議了。我們家從來沒人像他們這樣說話的。

「要寫意，先把這狗給摜脫吧，一隻短腿醜八怪，要餵要遛，生病還要花錢。」

他們兩人同時閉嘴看著我，我又汪一聲。

「狗最髒，牠們吃大便，從小你就這麼跟我說。」

「你要擯脫伊？這是他的寶貝。」

「寶貝又哪能？顧不了人，還顧得了狗？」他悻悻然說，抬起腳要踢，我正要閃躲，誰知落在我跟前的卻是他啃剩的排骨。我從來沒吃過這種東西，它太香了，我趕緊在他後悔之前咬起，躲到角落去慢慢享受。

這塊排骨的滋味妙不可言，吃完後有點口渴，我喝了點水。不知何時，白阿姨的兒子已經走了，客廳裡只有白阿姨一個人，她坐在那裡，安安靜靜，手裡捧著一杯茶，感覺又像是那個我熟悉的人。

「《真假公主》這電影，看過嗎？英格麗•褒曼演的，我很喜歡她，氣質高貴。」白阿姨問我。

電影？我怎麼會看過。

「一個失憶的女人，被找去假扮俄國的安娜公主，她跟公主長得很像，一下子就學會公主的儀態，真假難分，結果你知道嗎？」白阿姨瞪著我，「她其實就是安娜公主，只是失憶了。」

我趴在離她幾步遠的地方，看不懂眼前這位是主人的白阿姨，還是小菜場那個裁縫。

白阿姨沒有再瞪我，她的眼光遠遠落在窗外的天際，天是灰色的，霧濛濛。據說北方的霧霾吹到南方來了，早上主人查看氣象時這麼說。想到主人，我的心頭一緊。

白阿姨對著外頭灰白的天空說話了：「兒子不懂，你也不懂。一開始，我不願見你，是因為恨，也是因為，我老了。那個白嘉影，早就不在了，但是你卻跑回來尋伊。我不願意你心裡美好的影像幻滅，每個月見兩次，見面前細細琢磨，怎麼打扮，白嘉影會喜歡的，你也欣賞的。這些準備，要花鈔票花時間，一個月兩趟，沒法再多了。」

她轉頭，眼睛盯著牆上的畫，畫的是玻璃瓶裡盛開的玫瑰，嬌豔欲滴，她跟那玫瑰說：「男人無法了解，女人老了以後，要維持她的美，是多麼不容易？皮肉鬆了，臉上都是斑，身上也……我幫人家做衣服，脫下衣服的女人看多了，過了四十，沒有幾個是好看的。」

她吁了口長氣，低頭喝茶，喝了兩口，又對著杯裡舒張的茶葉說起來。「我不是吊他胃口，我自己也是秉著，忍著，為了維持一個美好的形象。每次見過，晚上總是……這麼多年了，以為心早就死了……」

她終於又看向我：「你曉得吧？也許你都曉得。一開始，的確是為了拿回點補償，可是，每趟來，回去後我開心哪，多少年沒有這樣開心了，竟然有一個機會，重新做回白嘉影，為此，我感謝他。我感謝他的愛，不管他愛的是不是真正的我，這愛讓我多麼快活，作為女人的快活。」

「現在，我的心鬆了，也……空了，你說，他會回來嗎？」白阿姨問了這句話後，不再出聲了。

天色越發晦暗，對面大樓一些人家點了燈，像許多眼睛突然亮起。有燈光的地方，不是有人，就是在等人。我不知道主人會不會回來，但我會等他。我跟主人心愛的女人待在一起，她已經完成她長久的等待，而我的等待才剛開始。

大海擁抱過她／

喃喃自語、圓臉短髮的華裔女人，推著坐輪椅的老太太，每天上午八點太陽赤熱前，會在濱海公路的步道上出現，眺望著沙灘上弄潮和日光浴的男女老少。這是附近居民已經熟悉的景象，雖然他們或許無法分辨，推輪椅的女人不是半年前那一個，之前那個女人更嬌小精實，兩條紋眉，長髮成束，雖然講不來什麼英語，但逢人就笑，大方咧著有縫的兩顆門牙，推起輪椅也更俐落。那個是老太太多年的保母，名叫莉莉，回大陸老家帶孫子去了。

今天一直到九點多，她們緩緩前行的身影才出現，沿著海邊步道往上走。戴頭盔、緊身衣褲勒出線條的男男女女，裸著鼓起兩球肌肉的小腿使勁踩，車的前槓上插著兩瓶水，這段是上坡路，要到前面那棟白色洋房前才會平坦起來。他們匆匆掠過這個蝸行的輪椅，輪椅推把上晃盪裝著水、點心、溼紙巾、薄毯子、太陽眼鏡和雨衣的提袋。

推輪椅的女人目送那些拱背翹臀奮力踩踏的背影。年輕人的力氣就像太陽能腕錶，從白天嗒嗒嗒走到黑夜也不愁沒電。力氣，對他們是不值錢的，隨時可以補充恢復，成天變著法子把它用掉，力盡癱倒的那一刻帶著滿足的笑容。從來沒想過，力氣會愈用愈少，有朝一日這氣就充不起來了，癱倒的人形再也不能鼓鼓站起，從來沒想過，疾病和死亡。

她的英文不夠用。你好？天氣變暖了，多麼美。珊蒂不錯，我也不錯，謝謝。再見，享受一個好日……真的想說什麼時總是詞窮，搜索枯腸，裡頭沒有儲備足夠的詞彙，文法更是顛來倒去，用現在式和一點點過去式，省略動詞變化，名詞一律單數。當女人說英文時，就像英文在控制她，舌頭僵硬，反應永遠慢半拍。過去幾個月，她勉強應付下來了，最怕的是一些真的想跟她聊天的問話。例如：為什麼迢迢從太平洋的那一端跑到美洲大陸的這一端？

為了母親。

對方聽了沒有表示對這種孝行的讚譽，如家鄉人會有的反應，而是點點頭或保持沉默，然後繼續問她在這裡的感覺、跟家鄉的不同……彷彿認可她在這裡照顧母親是她的選擇，自有她的理由，沒有什麼對或錯、好或壞。每個人都得為自己作選擇，在這裡，或去其他地方。

這些談話只是讓她更加渴望與人真正的傾談，談她的母親、她的弟弟、她的處境。她開始跟前院常來的一隻花貓說話，牠用一雙琥珀色晶亮亮的眼睛看著她，歪著古靈精怪的三角臉，彷彿能了解她的異國語言。花貓不是天天來，她就在腦子裡跟自己說，說急了說多了，字句不由自主從嘴裡迸出來，成了自言自語。她在小鎮居民心中的形象就這樣奇異地固定下來：眉頭輕鎖，念念有詞，出現時總像推個巨大行李箱般推著她的母親。

路的另一邊是住宅區，一條條小路隔開來像棋盤。靠馬路的這一排，全是海景別墅，每一棟的建築風格都不一樣，有加州常見的西班牙式建築，紅瓦粉牆，拱門和露台，但更多的是簡約的現代風格，方正的線條，落地窗。她們經過的這間，樓上大玻璃窗裡可以看到一個男人，脖子上搭條白毛巾，對窗擺動手臂走跑步機。他的眼睛注視著海，那海被窗子框住了，就像屏幕上的海景，美麗無害，一切都在控制之中。而事實上那海無邊無際，比人所知的世界、比陸地生物所棲身的世界大得太多。它的存在告訴一名像她這樣的囚徒：自由不過是一種想像。

剛開始的時候，她曾試著帶本書。沒用的，什麼都讀不進去。白花花被海水反射的強光，伸出舌頭能嘗到空氣裡的鹹味，水的顏色依天候變化，有時靛藍，有時灰藍。今天的太陽躲在雲後，天空是陰鬱的灰色。陰天好，她從來沒喜歡過大太陽，她喜歡雨天，沒有太陽的陰天，起霧或颳風，都比大太陽好。

她每天帶雨具出門是沿襲多雨家鄉的出行習慣，也是一種祈雨。

她轉向大海和陸地的邊際線，那是居民和遊客的運動場，他們鑽進海裡戲水游泳，在沙灘上跑步。遛狗的人也多，或大或小的狗，跟前跟後。沙灘上是不是有很多被沙埋起來的狗糞？她沒去赤腳走在沙灘上，她的腳趾拒絕被海親吻。她不會游泳，不喜歡日曬，而且，這是別人的海。

「我，應該是在葡萄牙吃麵包夾罐頭沙丁魚的，在西班牙看佛朗明哥，依照計畫，接下來到巴黎，在雨果和蕭邦的墓前獻花……」她對著母親的後腦勺說：「如果我不在這裡，珊蒂怎麼辦？」心裡不痛快時，她隨這裡的人直呼母親的英文名。

「珊蒂，你怎麼辦？」

海水刷地捲起白浪，彷彿準備要給出一個答案，沉吟了一秒鐘，還是嘩地跌落，去而復返周而復始，像是有意嘲弄。她瞪著這海浪狡猾的誘引和迴避，想到早上打給弟弟艾德的電話，沒有接通。她後來再打了一次留言：打電話給我，有重要的事。她又等了一刻鐘，懷疑艾德根本就在家，這是週六的早晨。

艾德沒有給她手機號碼，他說用不著，有什麼事打家裡，白天露西也在。

露西是他老婆，在家上班。艾德不希望在外頭接到電話，聽她抱怨關於母親的事。要是有緊急事情呢？艾德說：緊急的事叫救護車，叫警察，我趕過去要兩三個小時。

前夫剛剛再婚，她就接到弟弟的電話。少通音訊、已成美國人的艾德，從加州打電話到台南找她，問她教職提早優退後都在做什麼。計畫出國旅行啊，一個人，長時間的旅行……那你怎麼不來我們這兒？我們這裡是有名的渡假勝地，空氣好，風景好！來陪媽媽住一陣子，你有幾年沒來看媽媽了？她最近記性愈來愈差了……

她無法拒絕親人強勢的要求，害怕跟他們發生衝突。不是什麼「以和為貴」，更不是基於對他們的愛。如果別人能那麼強勢地要求她配合，或許她有義務要這麼做；如果別人能拉下臉來做出不合理的要求，那肯定他們有權利這樣做。她一次又一次妥協，對她的母親、前夫，後來又加上弟弟，以此躲過雷霆炮火的正面衝突，並為之感到慶幸。

週六的早上，沙灘上出現一群群青少年，他們架起網打排球，坐在一起喝啤酒說笑。附近的居民攜家帶眷出現，父母和小孩，也有老人。浪頭打到沙灘上碎成白色泡沫，像刷牙漱口時吐出的沫液。小孩居中，爸媽各抓住一隻手，浪來時，大人手一抬孩子離地，降落時，白色泡沫迅速從十個趾間退去。孩子不要大人拉了，他要自己跳，得意地咭咭發笑。大海還是老樣子，青灰著臉，重複同一個動作，像跳繩時把繩子盡職地甩過來。這遊戲已玩過千百年，從人類首次帶著子嗣來到它面前，用這種方式認識大海。她記起躲在遮陽大傘下，看母親拉著弟弟的手跳浪。也許是她從未經過這個儀式的洗禮，所以一直未能親近海。

「我不喜歡海，」她對母親的後腦勺說，「你怎麼會選這種地方養老？是艾德建議的吧？」

母親側過臉，黯黃的臉像一粒癟掉的橘子，戴假牙淌著口涎的嘴猶疑地吐出這個名字：「艾德？」

「是啊，艾德。是他讓你住到這裡的吧?可是他卻不來看你。」

她的語氣帶著挑釁，但母親只是皺起眉頭，認真思索著，「艾德?」

「是啊，你的艾德。」

「他來了嗎?」

「沒有。」

「他還沒來？」

「沒有。」

「艾德，你打電話給他。」

「打了。」

「你打了？」母親扁起嘴，看起來可憐兮兮。憤怒不過就是捲高的浪頭，瞬間便潰散。就像世上所有的好女兒，她軟下聲來安慰母親：「他待會就來，我們回家的時候。」

「回家。」

「對。」

她繼續推著母親往前，一直走到白房子，地勢到此就平坦了，馬路向東拐去。所有人必須在這裡止步。她的恤衫汗溼了，抬手抹了一下額頭和脖子。只要不出力，海風吹拂下，汗一會兒就乾了，如果躲到樹蔭下，也不覺得熱。這可不像家鄉，整個島到了夏天就是個大烤箱大蒸籠，無處可逃。大家都說加州是人間天堂，適合老人。老人捱不了嚴酷的天氣：冬天的冰雪，夏日的高溫；

他們也不那麼在意春花秋葉的美景。美不美不重要，需要考量的是如何舒適地過完人生最後的歲月，況且海邊的負離子有益健康。

「哈囉，你們好！」一個熟悉的面孔突然從身後出現，是常在沙灘上遛狗的鮑伯，六十幾歲從航運公司退休，在海水的溫度還能游泳時，他總是住在這棟白房子，等秋天來了才搬回市區。

鮑伯長年戴著一副茶色太陽眼鏡，臉上滿布褐色的曬斑，恤衫短褲和涼鞋，驚人的手毛和腿毛，四肢顯得十分粗壯。每回遇見，他總會停步聊兩句，咧開一口像假牙般整齊潔白的牙齒，開她聽不太懂的玩笑。她看不到他的眼睛，對他的語意常感不確定。例如上回他邀她有空時過來喝一杯，看她面有難色，便說：你晚上不能出門對吧？他指的應該是她要照顧母親，可是那語氣又像在嘲笑她是個老派的女孩。她有被識破的難堪。她早已不再為自己的循規蹈矩自豪了，只覺得錯過太多，還在繼續錯過。她想到昨晚一夜的噩夢，今晨明顯的黑眼圈。雖是陰天，應該戴那頂大草帽，至少可以遮去半張臉。

「兩位女士要往哪裡去？」

「哦，隨便走走。」

「你知道不可以再往前的，對吧？每一年，我是說每一年，都有蠢蛋在那裡送了性命。」鮑伯朝海的方向抬抬下巴。她知道他指的是什麼。

之前那一大段遊客如織柔軟平坦的沙灘，在馬路拐彎的地方讓位給粗礪的礁石地，礁石上滿布大大小小海水侵蝕的溝槽和凹洞，石頭跟石頭之間有或寬或窄的縫隙，一不小心腳會卡到縫裡。再往前，最靠近海的地方，有幾個岩礁如石階般可以登上一個兩米多高的大岩礁，巨礁傲岸兀立，海鷗在附近盤翔，就像一個日日被殷勤拂拭的寶座，高踞上頭能遠眺大海，看日落。

第一次遇見鮑伯時，他就用嚴肅的口吻告誡過她。那時是四月底，近岸的海水開始回溫，海風吹來不再寒刺，這個小鎮從冬眠裡甦醒，半天營業的餐廳恢復全日開門，小酒吧裡賓客盈門，賣紀念品和出租泳具的小店兼賣冷飲，不再門可羅雀。

鮑伯是老居民，覺得有義務告訴女人小鎮的危險所在：那個礁岩區。早晚潮的時間隨季節而不同，潮水不聲不響漲起，人們流連美景而忘情，等到發現被海水包圍時已經來不及。周遭美麗的礁石，此時沒入海裡成了危險的陷阱，你什麼都看不清，也沒有人會聽見你的呼救。

應該有個標識，危險……有的，絕對有，但是人們看不到，或者他們不在意，那裡的景色太迷人，你不會也想去看看……哦不，我不喜歡海，海給我一個教訓，我是小女孩，海把我舉起，摔下去，很痛……她不知道當時鮑伯是不是聽懂了。

九或十歲時，全家到海邊玩。她套著輪胎般的黑色泳圈，在離岸很近的地方縮起腳漂浮，水只到她的胸口，怎麼也想不到海會驟然襲擊。海浪瞬間把她捲入，力量如此巨大，巨大到只能屏住呼吸任它擺布，等待一切結束。大海灌給她苦鹹的海水，然後把她甩出去，屁股狠狠撞到水底，等她終於站起來時，海水已經退得很遠。

「珊蒂，你好嗎？」鮑伯對輪椅裡不發一言的老太太客氣地問候。

「珊蒂，我叫珊蒂，我很好。」老太太告訴鮑伯，指指她，「我的好朋友，她就要走了。」長住美國的珊蒂，很習慣使用英語，即使已退化成這樣，狀態好的時候還能用英語作簡單交流。

鮑伯看著她，「你要離開了嗎，海倫？」

「我不知道她哪裡來這個想法？」她微笑。

「這個時節是這裡最美的時候，不過，今天可能會下雨。」

「下雨，會嗎？」

「我們等著瞧吧。」

鮑伯走掉了，後背圓厚，腰桿挺直。

她們站在原地，眺望著那個危險之地。母親不是不能走，只是腳沒力，走得很慢。她曾經扶著母親走下步道，走到沙灘，脫去她的鞋襪，讓她光腳踩在柔軟微溼的沙地上。母親看著自己的光腳，猶豫地蠕動著腳趾，像是什麼動物冬眠後逐漸顫動肢體醒來。

母親在海邊長大，漁人總是直接把當天的漁獲送到家來，外婆從竹簍裡挑選當天的晚餐，外公每晚都要一條鮮魚下酒，從魚腹裡夾出魚蛋送進母親嘴裡……這些她從小耳熟能詳。海倫，不，葉明慧的母親愛海，弟弟也愛海。

童年有很多假期在海邊度過。母親帶著弟弟在水裡，她跟父親在沙灘上，她用小鏟子鏟沙，一鏟一鏟把父親埋起來，從腳踝一路埋到肚子。父親的皮肉紅得像下鍋後的大蝦，隔天皮膚一片片發白翻捲如魚鱗，一碰就痛。幾個月後，父親真的被埋到地底下了，母親的尖叫哭嚎讓她很害怕。她不願意再去海邊。

那是葉明慧記憶裡的第一次分離。第二次，她剛考上大學，升上中學的葉明德留級又成天闖禍，母親決定帶著弟弟去美國投靠舅舅。他們成行時，她大學都快畢業了。房子賣掉作了旅費，她反正住學校宿舍。機場送行時，母親摸摸她的頭髮說：畢業了，你也過來。

葉明慧愛上古典詩詞社的學長，畢業後到私立高中教國文，等學長讀完碩士服完預官兵役，他們結婚。請酒時，母親回來參加，鮮豔的扶桑花襯衣米色長褲，燙短的頭髮，容光煥發。母親有個美國男友的傳聞是真的嗎？她依母親事先的叮嚀，準備了一件翡翠綠的改良真絲旗袍。迎娶的前一晚，在台灣沒有自己房子的母女住在飯店。母親仔細試了旗袍，在身上輕輕拉扯，左顧右盼，衣櫃裡掛著她的新娘禮服，母親卻彷彿沒看見。第二天，學長按吉時來酒店迎娶，穿上旗袍的母親雍容華貴，端坐在床沿，在眾人圍觀下，她一身白紗深深鞠躬拜別，母親臉上的笑容讓她把淚水硬生生吞了回去。母親忙著跟來參加喜宴的親人敘舊，她等著母親跟她說兩句體己話：為人妻為人媳的經驗談、祝福、甚至是埋怨。但是喜宴結束後，母親像其他親友一樣，從她端著的銀盤裡取了顆喜糖便走了，把她留在了婆家。這是第三次。

那一天，當她陷入葉明慧的回憶時，她的母親背對著大海，注視自己的光腳，彷彿不認識那在沙裡如軟殼動物動來動去的趾頭是她的，趾頭愈蹭愈往沙裡去，半個腳背不見了。

她取出水杯，擰開，裡頭附有吸管，遞過去，母親乖乖啣住吸管，像個小女孩。

「你記得阿公嗎？阿公阿媽？你的阿爸阿母？」

母親吐出吸管，眼神空洞。

「你記得我嗎？我是誰？」

母親看著她，眼神開始聚焦，突然嘴角漾出一絲微笑，「莉莉，莉莉！」

她點頭，「忘了，忘了就忘了吧。」

她從袋裡掏出兩副太陽眼鏡。現在大海像一大塊反光的藍綢，一條條閃動著光紋，捲起的白浪流淌出去，就像婚紗的裙邊。

礁石區裡出現了一男一女，男的穿及膝寬大的戲水褲，女的穿三點式泳衣，他們在礁石區裡爬上爬下。有個地區沒有礁石，一地的大小石頭，大的像人頭，小的像拳頭，他們把石頭一個個壘起，大的作底座，石頭依大小往上擺，壘起一個石塔，彷彿是什麼神祕宗教的祈福方式。這不是新發明，附近有幾十座砌好的石塔，他們不過是有樣學樣。男孩拿出手機自拍合影，領著女孩一前一後，踩著礁石往海邊前進，不時轉過身來拉女孩一把。最後，他們來到了那個巨礁寶座前。

海水再過一個多小時會漲起，屆時波浪滾滾如千軍萬馬，這個寶座，連帶附近的礁石都會被淹沒。

母親在輪椅裡扭動了一下，傳來一陣異味。穿著紙尿褲，一時還不會滲漏，但也難說。她本來想去買生菜和水果，現在只能直接回家了。

下午一點，母親吃過午飯，坐在椅子上盹著了，葉明慧給她蓋了張薄毯子。母親有點拉肚子，午餐前已經洗了澡，換上乾淨的衣褲。

今天的午餐是蝦仁蛋炒飯，母親自己拿著湯匙一口口送到嘴裡，有時瞄不準灑到桌上，沾到衣襟和長褲。最後半碗，葉明慧拿過來很快餵掉了，沒有像往日般，一邊餵飯一邊跟母親瞎扯，今天的午餐在靜默中完成。母親吃完後，她很快把自己的飯扒完。

母親半開著嘴，發出沉重的呼吸聲。葉明慧閉上眼睛。她每天都覺得疲倦。日子重複而空白，聽過說過做過吃過的都不作數，它們沒有留下任何痕跡，就像這個浪頭取代前個浪頭，就像在沙灘上堆砌城堡。她彷彿也要盹著，卻突然打了個激靈，起身打電話。忙音。艾德應該聽到她的留言了，為何不回，留言機的訊號燈也沒有亮起。

她打開前院的門，四處張望。矮牆上、花壇邊、灌木叢和夾竹桃旁，還有那條木頭長椅，花貓常端坐在上頭，黃白相間的長尾巴，優雅地繞到身前。

「喵……」她叫喚，「海倫？」

給一隻野貓取名字有點奇怪，但是野貓也需要有個屬於牠、方便人叫喚的名字。把自己的名字給了貓更奇怪，但既然母親叫她莉莉，她為何不能叫這隻貓海倫？

貓咪海倫沒有如常出現在前院。早上沒來，下午應該會來，貓食都準備好了，還有乾淨的飲水。她很想見到海倫，她有好多話要對牠說。「海倫……」她的呼喚聽來有點絕望。

她進屋，屋子裡顯得很暗，暗中有什麼在閃動，是母親的眼睛。母親坐在那裡看著她，眼裡一片曉事清明，她一愣就要拜倒。「媽，我是小慧啊！你的女兒小慧。」

她的母親微笑。

她蹲在了母親身前，握住手，手很溫暖，她把那手拉過來摸自己，被淚水沾溼的臉。有多久了，母親沒有摸過她？三十年？四十年？或更久？母親突然縮手，縮到毯子底下，「走開，你走開！」

葉明慧前一刻哀傷的面孔，此時扭曲了。她環顧四周，好像一時不知該做什麼，然後她快步進臥房拿出一個牛皮紙信封，忿忿地說：「好吧，既然你不回我電話！」

這是艾德要找的東西：母親的遺囑。

這個老房子堆滿了各種雜物，母親的臥房裡，除了滿坑滿谷的衣服外，還有一盒盒的文件，裡頭是從台灣帶來的老照片、文憑、書信。葉明慧展開她母親的信件，薄薄的紅線信紙或天藍色航空郵簡，鋼筆字跡，有的是當年跟同學密友的通信，說著姑娘家的心事，也有移民美國後家鄉親友的書信，她用這些信件來打發時間，遐想著母親如何回答信裡的人生難題。

例如陳淑娟。這個陳阿姨她一下子就對上號：母親中學的同桌，家境貧寒，高中畢業就結婚了。陳阿姨的婆家跟外婆家一個村，探望外婆時，陳阿姨有時也會來見母親。她依稀記得陳阿姨皮膚很白，總是捏著一條手絹，腫著眼皮，哭和笑時都會露出一對虎牙。她在信裡跟母親抱怨自己遇人不淑，回憶著中學時代的無憂，感謝母親對她像姊姊般的關照，並在每封信末叮嚀：千萬不要把這些醜事告訴別人。

陳淑娟和其他人的心事，密密書寫在紙上，半個世紀後，葉明慧在無眠的夜裡津津有味地讀著，伴著紳士綜合堅果和立頓花草茶，有時是品客洋芋片和百威啤酒。不管是婚姻、健康、金錢或其他難解的人生煩惱，時至今日都像雲煙般消散了。

艾德說他很確定母親寫了遺囑，就是不知道放在哪裡。當然，找不到也沒有問題，他們還是能共同繼承母親名下的財產，只是母親一直是個很有主見的人，也許她有什麼心願或特殊的安排……如果你找到了，艾德說，等我一起打開來看。

她翻過母親的每個抽屜，那些銀行的對帳單、醫療帳單、朋友寄來的耶誕卡和母親的手札、過期的駕照和護照，就是沒有遺囑的蹤影。但是昨晚，當她打開一本集郵冊時，這個信封就夾在裡頭，跟台灣赤崁樓、香蕉和嫦娥奔月的首日封放在一起。她的母親喜歡集郵，弟弟也喜歡。

葉明慧好奇母親會留給她什麼。除了一半的財產，她最想要來自母親的紀念品，例如老照片裡常見母親配戴的珍珠項鍊，或是她從小看慣母親戴的綠寶戒指。

她拿著那信封，坐在母親面前。「艾德不在，我先看看也無所謂吧？」

「艾德？」

母親似乎只對這個名字有反應。

「是的，艾德。」

「他來了嗎？」

葉明慧沒有回答，一把撕開信封，展開薄薄一頁A4紙，上面用英文打字工整寫出了老太太的遺願：我在沒有受到任何人影響的情況下，聲明對死後財產的分配……我所住的這個房子和所餘財物，歸我的兒子明德・艾德・葉所有，另給我的女兒明慧・海倫・葉五萬美金，給我的保母紅莉・王五千美金，我的母校東海大學美國校友會兩千美金……底下是母親的簽名，時間是四年前，還有兩個見證人的簽名和他們的地址電話。

她再讀一遍，懷疑自己的英文理解能力，讀了三遍後，她把這張紙收進信封裡。

「艾德？」她的母親又問。

她做了個深呼吸，開口時聲音還是拔高、叉裂。「所以，你把一切都留給他？」

她提醒自己冷靜冷靜，但下一秒她把信封一扔，跳上前抓住母親的肩頭，「我不會把這個給他的，休想！」

葉明慧狠狠瞪著眼前的母親，母親被她的眼光抬上了那個大礁石，現在那裡是一張刑椅，母親必須坐在那裡，為她的不公平接受大海的審判。葉明慧的眼光如寒素的月光調動起潮水，孤身坐在礁岩上的母親，被漲起的潮水包圍，四周載浮載沉的是遺囑的碎片。冰冷的苦鹹水一寸寸上漲再上漲，終至滿盈，從女兒的眼眶滑落。

晚上十點，葉明慧服侍母親上床就寢，關上房門。她從母親的安眠藥罐裡取了兩粒，這時窗外傳來幾聲貓叫。

她連忙披衣穿鞋，打開通往前院的門。夜色如墨，院子裡窸窸窣窣的響聲，是夜風吹動草葉或是海倫的長尾巴在拂掃？

「海倫？」她的聲音在顫抖，「你這壞孩子，我給你準備了飯，你吃了嗎？」四周一片死寂。海倫走了，或是根本沒來？這時她才發現，窸窸窣窣的聲響是雨點打在草葉上。那碗貓糧應該都泡得糊爛了。所以海倫不屑一顧，到他處覓食了？

這時，葉明慧聽見了浪潮聲。如此清晰，就在那裡，眼睛看不見，但實實在在感覺到它的存在。

她記起了那次跟學長在太平洋邊南台灣的墾丁。一家海產店，店門前陳列著當天的漁獲，他們點了炸小魚和熗活蝦、九層塔炒海瓜子和魚頭湯，佐以啤酒，不知是海產新鮮美味，還是熱戀中興致高昂，兩人一掃而空，吃好了在漁鎮裡走，最後下了沙灘。夜晚的海比白天更深不可測，充滿吞噬人的危險，她跟學長說，不要離海太近。學長摟著她，兩人依偎在沙灘上，正情意纏綿時，遠處傳來淒厲的女聲反覆哀哀叫喚：回來哦……緊回來哦……尾音拖得很長，直鑽進她腦殼，頭皮一陣陣麻。這是什麼？有人溺水，還是，招魂？學長點起一根菸，朝天把菸長長吐出去，說：裝神弄鬼！

誰會對著夜海這樣虛情假意地哀告？給予生命、接納死亡的大海，是不可以狎玩的。

葉明慧這時又聽到了海的聲音，從那反覆的刷轟刷轟聲音裡，聽到海在召喚她。來這裡半年了，她從未看過夜晚的海。不只她，天一黑，原先盡情享受大海沙灘的人，都撤回陸地，回到酒館和餐館、有燈光有人的地方。她原先是懼怕海的，但此時大海卻像對她施了魔法，像個大磁場般把她的心魂吸過去。

她被催眠似地往外走。鄰舍簷下的燈，照出了絲絲雨線，她向前走，踩進水洼裡也不知道，海的吸力愈來愈強，呼喚愈來愈響，她的心跳已經跟隨著海潮的節奏，突然間，大海出現在眼前。

那是洪荒的黑，遠方有白邊捲動起伏，一層層一垛垛直直朝她過來，看久了，就像觸手可及。她繼續往前，想著是不是該去跳浪。應該不難，當浪頭撲上來時，往上一縱，落下時，潮水就退去，這是跟大海的遊戲規則，她看過那麼多次，她可以的，即使母親沒有在那裡拉著她的手！

為什麼母親不愛她呢？為什麼學長也離開了？她想證明一個人也可以過得很好，用自己多年攢下的積蓄，到世界各地旅行。退休前就開始計畫：旅遊手冊、旅遊達人推介、世界風光影集，又跟去過的同事請教，閱讀歐洲歷史地理宗教美術和建築，做了萬全的準備，但是她卻在這裡。半年來，艾德只來過三次，總是推說華人保母難找，最近又說要請莉莉回來。謊言，都是謊言！

但是，當個背包客去環遊世界，難道不也是用來哄騙自己的謊言？她做了那麼多準備，卻一直沒有定下出發的日期。不過是讓自己有事忙，跟別人有話聊罷了。去看世界，誰都會認可並羨慕。

為什麼她要在意這些不在意她的人？

她沒有下到沙灘去，而是沿著每天散步的路線往前。寂靜無人的路上，偶爾一部車滑行而過，前燈照亮會反光的車道線，尾燈的金暈在轉彎時變紅，像瞬間燃起的菸頭，像有尾光的甲蟲。溼淋淋的頭髮擋在眼睛前面，她只是失了魂地往前，聽到有人在對她說：去吧，那是你該去的地方，去吧，登上那個寶座，居高臨下，那才是最親近大海的地方！大海唱和著這個聲音，浪潮拍岸的聲音愈來愈響，愈來愈近。葉明慧知道，快要漲潮了，而白房子已經在望。

週一上午，一輛休旅車在珊蒂家的門前停下，車裡下來一個禿頂的中年男子，還有一個穿牛仔褲戴圓框太陽眼鏡的高挑女人。他們急步走上前院的鵝卵石路，一隻花貓受驚喵地一聲躍上矮牆。

「媽？媽！」男人叫著，客廳沒人，廚房沒人，他大步走到臥室，看到床上有張毯子墳起一個人形。

「媽？」

人形動了一下。他走上前，在床沿坐下，「姊呢？她去哪裡了？」

「走開，你走開！」那人把被子一拉，蓋住自己的頭。

「媽，你幹嘛？我是艾德啊！」

那人從毯子後頭露出眼睛，「艾德？」

「媽，你還好嗎？」

「打電話……」

「是啊，姊打電話說她今天就回去了，也不聽我解釋，把電話掛了，怎麼也不接。她怎麼這麼自私啊，說走就走！」

「沒關係的，艾德在，你打電話給他。」

「媽，你怎麼連我都不認得了，我是艾德啊！」

「艾德？」老太太慢慢坐起來，看著眼前人，臉上露出一絲不確定的微笑，「艾德，我的兒子？」

艾德的太太露西一直站在臥室門口沒進來，這時她說：「你姊姊……」

艾德顧不上跟母親相認，快步走回客廳，看到沙發邊有個行李箱和一個雙肩背包。看來葉明慧這次是鐵了心。

葉明慧剛從洗手間出來，貼著OK繃的手指，一下一下梳著頭髮。

「怎麼回事？」艾德氣急敗壞。

「我要回去了。」

「你怎麼可以這樣，也不商量一下，說走就走，媽媽怎麼辦？」

「你會有辦法的，讓露西看幾天，等保母來。」

露西連忙搖手，「我事情很多的，孩子……」

「那你們把房子賣了，把媽媽送進養老院，或是搬到你們住的附近，都可以的，媽媽有錢，花不到你們的錢。」

「葉明慧！」

「我的車馬上來了，你們本來兩個小時前要到的。」

「該死的，不可理喻……」艾德用英語詛咒著，看看葉明慧，又改回中文，「你退休了，離婚沒小孩，你沒有牽掛呀，不像我們，我們的擔子很重，你應該來幫忙的，我答應你，一個月內找到保母，或者，我付你錢……」

葉明慧遞過去一個信封，「喏，這是你要找的。」

艾德接過，掏出母親的遺囑很快讀過，凝神思索了幾秒鐘，小心翼翼把遺囑依原樣摺好收起。「所以，你是因為這個要走？」

她正要開口，電話響了。「哈囉，我是，好的，馬上出來。」她放下電話，「去機場的車子來了。」

艾德歎口氣，拎起行李和背包出去了。

葉明慧到臥室去，她的母親愣愣坐在床頭。

「媽。」

「艾德來了。」

「對的，他會照顧你，我要走了。」她走上前，俯身親吻母親的額頭。

「你要去哪裡？」

「歐洲，世界，但我得先回家。」

「很高興認識你。」母親用英文說。這是初識者說再見的慣用語。

「我也很高興認識你。」葉明慧說。

車子沿著濱海公路開，此時的大海平靜如鏡，在陽光下閃亮得難以直視。她感謝大海昨夜沒有收了她。

當時她站在公路拐彎的地方，看著遠方那個黑影，準備踩著礁石往那裡去，需要涉水就涉水，用兩手兩腳，攀上那大礁岩，坐在那裡看大海。然後，子夜的晚潮會被她吸引，情不自禁向她靠攏，一寸寸很快地貼近她，呼喚她，直到一個浪頭把她捲進海的懷抱。讓大海決定她的命運吧！這時，天上一道電叉刺進海裡，天地亮了一秒鐘，她清楚看見那個寶座在前方，下一刻又變成一團黑影，一片漆黑。

她往下走，走進禁止進入的礁岩區，朝著大海的方向。她的腳踩進冰冷的海水，前進非常困難，她想起那些踩自行車的年輕人，但願自己也有用之不盡的力氣。被大海擁抱的渴望催迫著她，雙手和小腿都被尖銳的礁石劃破了，泡在海水裡卻不覺得疼。她知道了，如果不在意，就不會疼。反正一切都要結束了，也許無法結束在那寶座上，但一定會結束在這海裡。

努力了許久，彷彿過了一世紀，那團黑影還是那麼遙遠，甚至更遙遠了，是大海有意跟她作對，一波波把它推遠了。她停下，氣喘如牛，全身溼透，力氣用盡了，再不能移動一絲一毫。她突然哭了起來。有這瘋狂投水的心，難道活不下去？所有令她心痛的事，是不是也像母親那一盒盒的舊信札，滔滔的時間像無垠大海沖刷一切，總有一天，一切都不再那麼令人難受。在九歲或十歲那年，它將她捲入，再將她拋出，那時，大海就擁抱過她。

當車子來到白房子前，她看到鮑伯躺在院子裡的涼椅，手上一罐啤酒。會再見面嗎，當她再來的時候？就在這時，車子轉彎了，把大海就此拋在身後，愈來愈遠。

國家圖書館出版品預行編目資料

黃金男人 / 章緣作 .
-- 初版 . -- 臺北市 : 聯合文學 , 2020.5
248 面 ；14.8×21 公分 . --（聯合文叢；661）

ISBN 978-986-323-343-5 (平裝)

863.57 109005501

聯合文叢 661

黃金男人

作　　者／章　緣
發 行 人／張寶琴
總 編 輯／周昭翡
主　　編／蕭仁豪
資深編輯／尹蓓芳
編　　輯／林劭璜
資深美編／戴榮芝
業務部總經理／李文吉
行銷企劃／蔡昀庭
發行專員／簡聖峰
財 務 部／趙玉瑩　韋秀英
人事行政組／李懷瑩
版權管理／蕭仁豪
法律顧問／理律法律事務所
陳長文律師、蔣大中律師
出 版 者／聯合文學出版社股份有限公司
地　　址／(110)臺北市基隆路一段 178 號 10 樓
電　　話／(02)27666759 轉 5107
傳　　真／(02)27567914
郵撥帳號／17623526 聯合文學出版社股份有限公司
登 記 證／行政院新聞局局版臺業字第 6109 號
網　　址／http://unitas.udngroup.com.tw
E-mail:unitas@udngroup.com.tw
印 刷 廠／沐春行銷創意有限公司
總 經 銷／聯合發行股份有限公司
地　　址／(231)新北市新店區寶橋路235巷6弄6號2樓
電　　話／(02)29178022

出版日期／2020年5月　初版
定　　價／330元

ISBN 978-986-323-343-5（平裝）